愛は忘れない

ミシェル・リード 作

高田真紗子 訳

ハーレクイン・ロマンス

東京・ロンドン・トロント・パリ・ニューヨーク・アムステルダム
ハンブルク・ストックホルム・ミラノ・シドニー・マドリッド・ワルシャワ
ブダペスト・リオデジャネイロ・ルクセンブルク・フリブール・ムンバイ

Published by Harlequin Japan, a Division of K.K. HarperCollins Japan, 2024

ミシェル・リード

5人きょうだいの末っ子としてマンチェスターで育つ。現在は、仕事に忙しい夫と成人した2人の娘とともにチェシャーに住む。読書とバレエが好きで、機会があればテニスも楽しむ。執筆を始めると、家族のことも忘れるほど熱中してしまう。

主要登場人物

サマンサ・ヴィスコンテ……記憶喪失の女性。
カーラ……サマンサの親友。
アンドレ・ヴィスコンテ……サマンサの夫。世界的ホテルチェーンの経営者。
ラウール……アンドレの異父弟。
ジョナサン・マイルズ……精神科医。愛称ジャック。

1

アンドレ・ヴィスコンテは黒い蝶《ちょう》ネクタイをゆるめ、白いシャツのボタンを二つはずして浅黒く日焼けした胸元をはだけ、椅子にぐったりと座っていた。両脚を机の上に投げ出し、お気に入りのウイスキーが半分ほど入ったクリスタルのグラスをずんぐりした指で軽く握っている。

夜も更けていた。人生の荒波に揉《も》まれてきた三十四歳の男は疲れて目をつぶり、口元にはいつにもまして鋭い皺《しわ》が刻まれていた。街の中心部にある友人のレストランの開店祝いからまっすぐ帰宅する予定だったが、このオフィスへ戻ってきた。パリからの電話を待っていたので、レストランに近いこのオフィスで待つほうが賢明だと思ったのだ。

どっちみち、今ではわが家は温かく迎えてはくれない。どこかの賢者はわが家は心の拠《よ》りどころだと言ったが、もはや自分に心があるとは思えなかった。わが家は寝るだけの場所になり果て、そのときの居場所しだいで、世界の主な都市に所有する豪華な住居のどこかで寝ることにしていた。最近ではニューヨークのアパートメントのほかはあまり使わないが、泊まる場合に備えて、どこも家主の高い要求水準に合わせてきちんと管理されている。

それに、サマンサが泊まることも考えて。

サマンサ……。グラスを握った指に力が入り、頑固そうな口元を冷酷に引き結んだ。誰か居合わせたら、用心してさっさと退散しただろう。

というのも、一年前サマンサが家を出て音信不通になって以来、アンドレは機嫌のよい顔を見せたことがなかった。彼の前であえてサマンサの名前を口にするのはよほどの愚か者だが、ヴィスコンテの企業帝国では愚か者は歓迎されないので、今では口にする者は一人もいなかった。

それでも、その呪《のろ》わしい名前が時折頭の中に忍び込むのを阻むのは不可能だ。いったん忍び込んだが最後、彼女を出ていかせてしまったことへの暗く残忍な怒りや心の痛みなどの種々雑多な感情を解きほぐすのは容易ではない。

罪の意識にさいなまれて苦悩のひとときを過ごし、彼女の身を案じてひとしきり気を揉むはめになる。最も受け入れがたいのは、自分にこんな思いをさせる力がサマンサにあったのを思い知らされたことだ。そもそもあの女と出会わなければよかった！

彼をさいなむ最たるものは心の痛みだった。ときには歯を食いしばって呻《うめ》き声をもらさないように必死でこらえるほどの。なぜかって？　サマンサが恋しくて。何をしていても、いつなんどきでも、これという理由もなくサマンサが恋しくて、妻がいない寂しさにどうにも耐えられなくなるのだ。

今夜もそうだった。珍しく気楽に笑ったりして結構楽しくやっていた。そんな折も折、炎のように赤い髪の女がそばを通りかかってサマンサを思い出し、気分が一転してしまった。明から暗へ。温から冷へ。笑いから惨めさへ……。

そのあげく、そんな姿を人に見られたくなくてここへ逃げ込み、くよくよ考え込んでいたのだ。こんな気分にさせる女が憎かった。

むなしさ――むなしいという言葉がぴったりだ。

彼はグラスを口に運び、まるで敵を攻撃するようにウイスキーをあおった。そうして深い吐息をついて柔らかなレザーの椅子に深くもたれ、ウイスキーが反撃に出て、心に忍び込んだサマンサの名前を焼き尽くすのを待った。だが、そううまくはいかなかった。赤い髪の美しい魔女サマンサはそこに居座り、彼のまぶたの裏に自分の姿を焼きつけ、にこやかな笑顔で挑発し、追い払おうとした彼に仕返しをした。下腹がよじれ、官能が刺激され、心臓がどきどきする。「魔女め」アンドレは小声でつぶやいた。

十二カ月——長く惨めだったこの一年の間、サマンサからはなんの音沙汰《おとさた》もなく、生きているかどうかもわからなかった。そもそもこの世にいなかったみたいに、きれいさっぱり消え失《う》せてしまったのだ。冷酷で薄情で、無慈悲な魔女め。

突然、机の上の電話が息を吹き返して鳴り響いた。本当のところは座り込んでわが身の惨めさに浸るのを楽しんでいたアンドレはしぶしぶグラスを置いた。おっくうそうに目を閉じたまま手を伸ばして二本の指で受話器をつまみ上げ、不精たらしくあごの下にはさんだ。

「ヴィスコンテだ」苛立《いらだ》って怒鳴りつけたつもりでも、その声はもの憂げにかすれ魅惑的に響いた。

フランス語が弾丸のように聞こえてくるのを予想していたのに、意外にもイギリス支社長のてきぱきした明瞭《めいりょう》な英語が耳を打った。

「ネイサンか?」眉をひそめた。「何か——?」

ネイサン・ペインが何を言ったにせよ、アンドレをこれ以上しゃきっとさせることはできなかっただろう。ぱっと目を見開き、焦茶色の虹彩《こうさい》をきらめかせて電話機をつかむと、足をどしんと床に下ろして勢いよくすっくと立ち上がった。

「なんだって? どこで? いつだ?」アンドレは大声でネイサンをせっついた。

大西洋の彼方《かなた》からネイサン・ペインはてきぱき報告した。聞いているうちに彼は青ざめ、ついには日焼けしたつややかな黄金色の肌は色を失った。

「確かに彼女なのか?」ようやく支社長が黙ると、アンドレは念を押した。

返事を聞いて、アンドレはそろそろと腰を下ろした。にわかに消耗した体力を使い果たすのを恐れて、用心深く動くことに決めたように。

「いや、きみには無理だよ」受話器を持つ手がかすかに震えていた。「どういうことだ?」説明を聞くと、ウイスキーグラスをつかんで一気にぐいと飲み干した。「新聞で読んだのか?」信じられなかった。まさか、そんなことが。

サマンサ……例の苦痛が全身を切り裂いた。

「だめだ!」相手が何か提案すると、アンドレはがなり立てた。「見張ってろ。だが、ほかには何もするんじゃない!」やにわに立ち上がった。「今から行く。ぼくがそっちに着くまで、彼女から目を離さないでくれ。それ以上は何もするな!」

がしゃんと音をたてて受話器を置き、その音が室内に響いているうちにアンドレは行動を開始した。大股でドアへ向かう彼は、見る人がはっと立ち尽くしそうな、ショックに打ちのめされた面持ちだった。


あの男がまたあそこにいるわ――サマンサは気づいた。昨夜と同じテーブルに座ってわたしを見張っている。どことなくこそこそした様子で。

なぜなの? 見当もつかない。

その男に見覚えはなかった。きれいに髭《ひげ》を剃《そ》った色白の顔は、別の場所でも、今とは別の暮らしをしていたころにも、一度も見た覚えはない。

今とは別の人生。

彼女は、もれかけた吐息を押し殺して顔をそむけ、カーラが注文を通したカクテルを作り始めた。器用な手つきで計量器の下の二つのグラスにジンを注《つ》ぎながら、もう一方の手でソーダのボトルを二本一度につかんでボトルの蓋《ふた》をすぱっとはたき落とす。

「プロ並みの手際ね」カウンターの向こうで眺めていたカーラがからかった。

わたしはプロだったのかしら? サマンサはカー

ラのトレーにジントニックのグラスを並べながら自問した。いずれにしろ、あの別の人生にはまだほかにも思い出せないことがあるはずだ。「生ビールかびんづめのビールか、どっち？」

「びんづめのほうよ。気分が悪いの？」カーラは眉をひそめてきいた。いつものサマンサなら、軽くからかっただけでも機を逃さずに言い返すのに。

「ちょっと疲れただけ」サマンサはよろめきながらカウンターを離れ、冷蔵室へビールを二本取りに行った。サマンサもカーラも、今夜はホテルのラウンジ・バーを手伝う予定ではなかったので、その返事ももっともに思われた。二人の仕事は表向きはフロント係だ。だがホテルは倒産の危機に瀕《ひん》していて収益も乏しく、最小限のスタッフで切り回しているため、必要とあればどこへでも人手を回さなくてはならない。今週も二人は、昼間はフロント、夕方からはバーの勤務につかせられていた。

ビールを手に、足を引きずってカウンターへ戻る途中サマンサが横目でちらっと見ると、例の男が急いで目をそらしたのが目に入った。

「一人で座っているあの男、どういう人か知ってる？」サマンサはカーラにささやいた。

「高級そうなスーツを着込んだ、身だしなみのいいハンサムな男のこと？」サマンサがうなずくとカーラは言った。「ネイサン・ペインよ。二一二号室。勘定書のサインを信じていいならね。昨夜《ゆうべ》フレディーがフロントにつめてたときチェックインしたの。仕事で来たそうよ。当然よね、休暇で泊まるのにこんなホテルを選ぶとは思えないもの」

露骨にばかにした口調だが、サマンサは反論しなかった。トレマウント・ホテルの立地条件は抜群で、デボンの景勝地にある岬の崖《がけ》っぷちに立っている。しかし手入れが悪く、休暇で泊まりに来る人はいないとカーラが言ったのもあながち冗談ではなかった。

実際そんな人はめったにいなかった。

「噂《うわさ》では、どこかの巨大なホテル帝国で働いているみたい」カーラは続けた。「そういうところは、ここみたいに落ち目の怪しげなホテルを買収して、南の海辺にあるような超モダンな一流のリゾート施設に仕立て上げるんですって」

あの男もそれで来たのかしら？　わたしを観察するためではなく、このホテルを調べるために。サマンサはほっとして表情をゆるめた。「そうね、ここも近いうちにそうなるんじゃない？」男が泊まりに来た理由がわかって気が軽くなった。「こういう古いホテルは大改装したほうがいいに決まってるわ」

「けど、そのためにわたしたちの仕事が犠牲にされてもいいの？」カーラはきき返した。「改装するにはホテルを閉鎖しなくちゃいけないわ。そうしたらわたしたち、どこへ行くのかしら」

今度は真剣な口調で言うと、カーラはトレーを取り上げて歩み去った。一人になったサマンサはじっくり考えてみた。ここが閉鎖になったらどうしよう？　トレマウント・ホテルは古びてろくに手入れもしていないが、わたしが必死で助けを求めたとき命綱を投げてくれた。わたしはここで働くだけでなく、ここに住んでいる。ここはわたしのうちなのだ。

男は九時近くなると時計に目をやって立ち上がり、カーラへのチップをテーブルに投げて足早に出ていった。いかにも何か目的がありそうにそそくさと。

数分後にラウンジに入ってきたフレディーの言葉で、疑問はさらに強まった。「あのヴィスコンテ・グループの男があわてて出ていったよ。ポルシェのエンジンをふかしてものすごいスピードで飛ばしていった」

「今夜もほかの八人のお客とバスルームを共同で使うと思ったらやりきれなくなったんじゃない？　トレマウントにはバスルームつきの部屋はないから

――」カーラは嘲笑《あざわら》った。「ここでは耐え忍ぶか、さもなきゃ逃げ出すしかないのよ！」

「逃げたんなら、勘定を踏み倒したことになる」フレディーは決めつけるように言った。「それより誰かに会いに行ったんだと思うな。ロンドンからの終列車がそろそろエクセターに着くからね。サム？」

不意に言葉を切った。「大丈夫？　顔が青いよ」

ほんとに？　不思議なことにサマンサは自分でも青ざめたのがわかった。ひどく奇妙な感覚だった。ヴィスコンテ、その名前だ。今ふと、その名前に聞き覚えがある気がしたのだ。

珍しいわ。いつもはどんな名前を聞いても何も思い出さないのに。

名前も、顔も、場所も、日付けも……。

「大丈夫よ。いつものでいい、フレディー？」ほほ笑んでみせて、その場を軽くやりすごした。

だが、その名前は一晩じゅう頭から離れなかった。

ヴィスコンテという名前を思い浮かべるたびに、サマンサは茫然《ぼうぜん》自失となった。あれは記憶だろうか？現れたときと同じ速さですばやく消え去った過去の断片だったのかしら？

だとしたら、確かめないで消えるままにしてはいけない。ヴィスコンテという名前があの見知らぬ男に関係しているのはわかっている。今度彼に会ったらたずねてみよう。自分で調べない限り、自分の身元がわかる見込みはないのだから。サマンサは一年もの間、誰かが調べてくれるのを延々と待ち続けたあげく、今ではそういうことは決してあり得ないという事実を悟るにいたった。

つい先週も地元の新聞はまるまる一ページを割いてサマンサの苦境を掲載し、心当たりのある者は申し出てほしいと訴えたが、誰からも連絡はなかった。ついに警察では、彼女には身寄りがなく、休暇でデボンに来ていて事故に遭ったという結論を下した。

サマンサが運転していた車は完全に燃えてしまい、赤いアルファ・ロメオだったとしかわからなかった。赤いアルファ・ロメオの盗難届は出ていなかったし、そんな車を運転していた女性の行方不明の届け出もなかった。サマンサは時折、あの夜人気のない道路でタンクローリーと衝突したときに自分の命脈は尽き、何週間かして蘇生《そせい》したときには、まったくの別人に生まれ変わったような気がした。

でも、わたしは断じて別の人間ではない。ただ自分を見失っているだけなのだから、絶対に真実を見つけなくては。ほかにすがるものがない以上、サマンサはその信念にしがみつくしかなかった。

十一時になるとラウンジ・バーに客の姿はなくなった。サマンサは痛む膝をさすりながらカウンターの裏のあと片づけを終えた。一時間後には無事ベッドにもぐり込み、邪悪な悪魔やうなり声をあげる恐竜の夢にうなされる一夜を過ごして、翌朝の八時半には、カーラとともに本来の仕事であるフロントの勤務についた。

その日は客が入れ替わる日でロビーはごった返していた。ミスター・ペインを見かけたらチャンスを逃さず話しかけよう、サマンサはそう思って絶えず周囲に目を配っていた。

そのチャンスは昼近くに訪れた。朝から混雑していたフロントの周囲もようやく人影がまばらになり、出遅れた客が数人居残って駅までのタクシーを待っていた。サマンサはカーラと二人で、夕方までに到着する予定の宿泊客の部屋割をしていた。ふと目を上げると正面の旧式の回転ドアが開いて、ほかならぬミスター・ペインがすたすたと歩いてきた。

彼はロビーに入ったところで足を止めた。サマンサはこのチャンスを逃すまいと即座に心を決めた。

「ちょっとだけごめんね」カーラにささやいて、カウンターの跳ね板を上げて急いでロビーへ出てみると、続いてもう一人男が入ってきてミスター・ペインのわきに立ったのが見えた。

どちらも背が高く痩《や》せぎすで、一流の仕立て屋でしか見かけないようなピンストライプのスーツを着ている。だが、あとから来た男のほうが背が高くて浅黒く、それだけにいっそう近寄りがたい印象を受けた。サマンサは戦慄《せんりつ》を覚え、近づくのをやめてそっと観察することにした。

彼は焦茶色の目でもどかしそうに周囲をじろじろと観察した。緊張した様子で、押し殺した苛立ちがあごの辺りにちらちらと見え隠れしている。そのうち不意に口元が歪《ゆが》み、勘の鋭くないサマンサにも彼の考えがはっきり読み取れた。

このホテルの内装は、第一次世界大戦以前の豪華さと一九六〇年代の見苦しさが入り交じってひどい様相を呈している。建てられた当初は堂々としたビクトリア朝風の建物だったが、一九六〇年代に改築されて風雅な味わいのものはすべて引きはがされるか、石膏《せっこう》の壁で覆われてしまった。床の絨毯《じゅうたん》ですら、青みがかった濃い紫色の地色に明るい金色を散らしたもので、ものすごく趣味が悪い。優雅で格式のある家具は一点もなく、まがいもののチークとビニールのがらくたばかりで、そのがらくたでさえかなりくたびれていた。

わたしにそっくりだわ。サマンサはわざと自分になぞらえ、ぼんやり膝をさすりながら男の視線が自分の上をさっとかすめるのを見守った。すると、彼の目の動きが止まり、鋭いまなざしに変わったと思うとすばやくサマンサの上に舞い戻った。

二人の視線がぴたりと合った。彼の険しい口元がゆるんで鋭く息を吸い込んだ。ぎょっとした面持ちだ。サマンサは急にこの場のなりゆきにいや気がさした。この男はどうも気に入らない。喉がきゅっとしめつけられてすっかりふさがり、息もできなければ唾《つば》ものみ込めなかった。心臓が激しくどきんと打ってそのまま停止した気がし、右のこめかみがハンマーで叩《たた》かれたみたいにどきどき脈打っている。

彼はまるでそれが見えたように、ぱっと目を上げてこめかみを見た。彼がたじろぐのを見て、サマンサはそこに細いピンクの傷跡があるのを思い出し、本能的に手を上げて隠した。

サマンサが身動きしたことが、彼に動くきっかけを与えたようだった。男は妙にゆったりした足取りでまっすぐこっちへ向かって歩き出した。サマンサはあとずさりしたくなり、全身に汗が噴き出した。周囲がぼやけ、自分のまわりにトンネルができてその内径がずんずん狭まり、ロビーにいるのは彼と自分の二人だけに思えた。彼が近寄るにつれてトンネルはますます狭く空気が希薄になり、彼がほんの五十センチ手前で立ち止まったときは、今にも窒息しそうだった。

大きな男だ――すごく大きい。とても色が黒くて、驚くほどハンサムで、何もかもすごくて……。彼女はそこまで考えて、かすかにびくっと身を震わせた。彼は圧倒的な存在感で立ちはだかり、その瞳で相手に屈服を強いていた。

だめよ、サマンサは抗議した。何に抗議しているのかもわからないまま。

おそらくその言葉を口にしたのだろう。彼はたちどころに真っ青になり、瞳が暗く陰った。サマンサは、その瞳に今にも引きずり込まれそうな気がした。

どうかしてるわ、気を確かに持つのよ。サマンサは自分に言い聞かせた。

「サマンサ」彼はくぐもった声でささやいた。「ああ、なんてことだ……」

サマンサは気が遠くなった。頭の中にはまだ自分の名前が響いていた。彼女は目を閉じ、紫と金色の絨毯の上に石像のように倒れ込んだ。

2

サマンサは何週間も病院で苦痛に耐えていた間も気絶はしなかった。回復が遅れ、そのあと何カ月も苦しい日々が続いたが、その間も一度も気を失わなかった。むなしく過ぎたこの十二カ月間ひたすら願っていたのは、誰かがあの回転ドアから入ってきて名前を呼んでくれることだった。

それなのに、その願いがかなったときに失神してしまうとは。

サマンサはひどく混乱した頭でそんなことを考えていた。そしてフロントのソファに寝かされ、かたわらにカーラがしゃがんで自分をなでてくれていることにふと気がついた。視界のはずれでは、誰かが声をひそめて話していた。

「大丈夫？」サマンサが目を開くやいなや、カーラが心配そうにたずねた。

「彼はわたしを知ってるの」サマンサはささやいた。「わたしが誰なのか知ってるのよ」

「わかってる」カーラは静かにつぶやいた。

カーラの肩ごしに見知らぬ男がぬっと顔を出した。やっぱりすごく大きくて、とても色が黒くて、信じられないくらい魅力的で……。

「すまなかった」彼はしゃがれた声で謝った。「きみを見てショックのあまり考えなしに行動してしまった」言葉を切り、ぐっと唾《つば》をのんで言い添えた。「大丈夫か、ダーリン？」

サマンサは答えなかった。どうやらこの男は本当にわたしを知っているみたいだ。その事実をのみ込もうと努力しながら動転して彼を見つめたが、まったく見覚えのない顔だった。こんなの不公平だ。絶対ずるいわ！　医者はこの種のショックを受ければ、それだけで記憶は戻るかもしれないと言っていたのに。サマンサは絶望して、すうっと目を閉じた。

「これはいけない」かすれた声が耳ざわりに聞こえた。「サマンサ。気を確かに持つんだ」

彼の手が肩に触れた。サマンサは神経が逆立ち、全身が総毛立って、ぱっと体を起こすと彼の手を乱暴に払いのけた。

「触らないで」サマンサは身を震わせてあえいだ。

「あなたなんか知らないわ。まるっきり！」

そこへミスター・ペインが現れた。色白の顔を心配そうに歪《ゆが》め、連れの男にイタリア語で何かささやいた。男もイタリア語で答えたが、唐突にくるっと踵《きびす》を返すと、全身の力が抜けたように手近な椅子にがっくりへたり込んだ。サマンサはそれを見てはじめて気がついた。本当にわたしを知ってるなら、彼もさぞかしひどいショックを受けたに違いない。

「さあ」カーラがサマンサに水のグラスを押しつけた。「これを飲んで。ひどい顔色よ」

男が頭をもたげ、ショックで濃さをました瞳で正面からサマンサの目を見つめた。不思議な力でその瞳の漆黒の深みへ引きずり込まれる気がした。

ああ、どうしよう。サマンサはうろたえて視線を男から離すと、グラスを押しのけて片手で顔を覆い、気持ちをしっかり持とうとした。

「大丈夫かしら？」

「彼女、どうしたんです？」

「あの男が逆上させたのかい？」

四方八方から聞こえるいろいろな質問を耳にして、サマンサはこの場にほかの人もいるのを思い出した。

「ここから連れ出して」カーラにささやいた。

「いいわ」カーラは心得たという顔でうなずいて立ち上がると、サマンサを立たせようとして腕を支えた。だが右脚に体重をかけようとした拍子に膝に激痛が走り、サマンサは思わず呻《うめ》き声をもらした――カーラが支えてくれていたからよかったが。「倒れたはずみにどうかしたんじゃない?」カーラは眉をひそめた。「失神したとき、悪いほうの膝をテーブルの角にぶつけるのを見たわよ」説明しながら下を見た。ユニフォームのタイトスカートの裾《すそ》から傷跡がのぞいていた。「よけい悪くしてしまったんじゃなければいいけど」

サマンサは歯を食いしばってカーラにつかまり、足を引きずりながらフロントの前を通り、〈スタッフ専用〉と記されたドアへ向かった。

男がぬっと立ち上がって近づいてきた。「どこへ行くんだ?」サマンサが突然逃げ出すとでも思ったかのようにじっと見つめて、鋭く問いただした。

サマンサは寂しくほほ笑んだ――逃げたくても逃げられないのに。「スタッフの部屋よ」そしてしぶしぶつけ加えた。「一緒に来たければどうぞ」

「ぜひそうさせてもらおう」男は腰を上げ、ついてこようとしてふと足を止め、混雑したロビーにさっと目を走らせてたずねた。「このホテルをたった二人で切り回しているのかい?」

アメリカ人だわ。サマンサは彼のアクセントに教養あるアメリカ人特有の、深くなめらかでゆったりした響きを聞き取り、戸惑って眉を寄せた。ついさっき、この男はミスター・ペインとイタリア語で話していたけど。

「支配人は今日は用事で出かけています」カーラが説明した。「わたしはすぐに戻って――」

「だめよ!」サマンサは夢中でカーラの手をつかんだ。「彼と二人きりにしないで!」男に聞こえて彼が気を悪くするのもかまわず、甲高い声で言った。

「わかったわ」なだめるように答えたものの、カーラの顔にはあせりが浮かんでいた。フロントは一週間のうちで今日がいちばん忙しく、二人とも持ち場を離れるわけにはいかないのだ。

「ネイサン」その声はパニック状態にあるサマンサの耳にさえ権威に満ちて聞こえた。「きみがここを引き受けたまえ」男はそう指示すると、不安そうなカーラに言った。「心配いらないよ。仕事はちゃんと心得てる。彼はプロだからね。この部屋かい?」フロントのデスクの隣のドアを指して落ちついた様子で促した。

サマンサはうなずいた。今では下唇をかまずにいられないほど膝が痛んだが、それを悟られまいとしてカーラにずっしり寄りかかり、のろのろと足を引きずりながら部屋に入った。男はすぐ後ろからついてきたので、首筋に男の息がかかった。

サマンサは身を震わせた。わたしが回復してちゃんと考えられるようになるまで、少しの間離れていてくれればいいのに。この男は嫌いだ。好きになりたいとは思わない。けれどこの男がわたしの過去と関係があるのなら、その考えはばかげているわ。

椅子に腰を下ろすとほっとした。サマンサに部屋から痛み止めを取ってきてほしいと頼まれて、カーラは急いで出ていった。男は別の椅子をサマンサのそばに引き寄せ、どっかりと腰を下ろした。彼の体温が伝わり、男らしい体臭がほのかに漂ってきた。サマンサは男から遠ざかりたい衝動をこらえ、身をかがめてずきずき痛む膝をさすった。

「ひどく痛めたのかい?」

「いいえ、そんなには」サマンサは嘘《うそ》をついた。本当はとても痛かった。「しばらく休めば治るわ」

「ぼくがきいたのは、あの事故で膝に重傷を負ったのかってことだ」男は厳しい声で誤解を正した。

「あの事故を知ってるの?」驚いてきき返した。

「知らないで、いったいどうやってきみを見つけられたんだ?」男はかっとして怒鳴った。

サマンサはその口調にたじろいだ。彼は吐息をつくと、前かがみになって広げた膝に両肘をついたので、二人の顔は当惑するほど近づいた。

「すまない」彼はため息をついた。「こんなふうに怒るつもりはなかった」

サマンサは答えなかった。ほどなく、彼はさっきよりは冷静な声で続けた。

「ネイサンがこの地方の物件をいくつか調べていたら、地元の新聞にきみの記事が出ているのを見つけてね。写真できみだとわかったそうだ。まさかと思ったよ。彼からニューヨークにいたぼくに電話があったときは信じられなくて——」感情が込み上げたように言葉を切り、両手を固く握りしめた。

「ネイサンって誰なの？」かすれた声できいた。

彼は顔をサマンサの方に向け、険しいまなざしで突き刺すように見つめた。「ぼくが誰なのか、それをたずねるほうが先じゃないのか？」

だがサマンサは自分でも不思議に思いながらも、頭を振っていた。なぜか、彼の素性を知るにはまだ心の準備ができていない気がした。

「あの人……ネイサンは二、三日前からここに泊まって、わたしを見張ってたんじゃない？」

彼はサマンサが話題を変えたのにむっとしたようだが、それでも質問に答えた。「ああ、電話できみが事故に遭ったと知らせてきたあとにね。まったく、なんでこんな——」喉がつまって言葉がとぎれ、震える手を口に当てた。「事故のことは考えたくない」ややあってつぶやいた。「今は考えられないんだ」

「ええ、わかるわ」サマンサはつぶやいた。事故を報じた記事を読んだのなら気分が悪くなるのも当然だ。身の毛もよだつような恐ろしい記事だったから。

だが、そのあとで彼が残酷な言葉を吐いたときは許せなかった。「六人もの人が命を落としたというのに、きみだけ生き残ったとは！」

そのひどい言葉を聞いてサマンサは反射的に体を

起こした。激しい怒りに駆られ、緑の瞳には氷のように冷たい表情が浮かんでいた。「運がよかったとは思えないわ。六人が死んでわたしだけ助かったけど、この一年の間、わたしが六人の犠牲の上にのうのうと暮らしていたと思ってるなら、思い違いもいいところだわ！」

「ぼくのほうはこの一年というもの、きみなんか地獄へ落ちればいいと思っていた」彼は鋭い口調で言い返した。「なのにきみは今も生きていて、ぼくはそのことを夢にも知らずにいたとは」

それは本当だ。わたしにとってこの一年はまさに地獄だった。だけど、彼はなぜわたしが地獄へ落ちればいいと思ったのかしら？　わたしは彼にそんなにひどいことをしたのだろうか？

理由はどうあれ、サマンサは彼の残酷な言葉に傷ついていた。実のところ、おびえていた。

彼はサマンサの気持ちを悟ったのか、すっと立ち上がった。百八十センチを超えていそうな長身なので急に部屋が狭く感じられた。彼がいると何もかもが小さく見えた。大柄なだけでなく、この男には荒々しいエネルギーが備わっていて、酸素を残らず吸い上げてしまうらしい。

彼はやがてふうっと鋭く息をつくと何かつぶやいた。小声で悪態をついたようだった。そのおかげで緊張した雰囲気がいくらか和らいだ。

「こういう場面はどうも苦手だ」彼は白状した。

ほんとにそうみたいね、サマンサも認めた。わたしも得意とはいえないけど。

カーラがタイミングよく戻ってきた。彼女は二人の緊張した顔を用心深げにちらっと見比べてサマンサの前にしゃがむと、黙って痛み止めの錠剤を手渡し、それから水のグラスをさし出した。

「ありがとう」サマンサは包みを破って手のひらに二錠取り出し、水と一緒にのみ下した。ため息をついて椅子にもたれ、目をつぶって薬が効いてくるのを待った。膝はずきずき痛み、触れると熱を持っていた。かなり強くぶつけたに違いない。

だが、目を閉じて座っていたのは痛みのせいばかりではなかった。それは認めざるを得ない。この先展開する場面から逃げようとしているのだ――しかし目をつぶっていれば何もかもやりすごせるというわけではない。サマンサはしぶしぶ認めた。

とても静かだった。しいんとした中で、男とカーラが無言で目くばせを交わすのがはっきり感じられた。それでもサマンサはあえて目を開けて、二人が何をたくらんでいるのかを確かめたりはしなかった。

が、それはほどなく判明した。

「サム……」カーラの声はいかにも心配そうだった。「少しはよくなった？　わたしはあっちへ行ってすべてうまくいってるか確かめないと……」

どうやら二人は、わたしと男だけにしようともくろんでいたらしい。戸惑いが体じゅうを駆けめぐった。彼と二人きりになるのは困るが、いずれは避けられない事態を先送りしても仕方がない。それにカーラの苦しい立場もよくわかった。わたしたちは給料をもらってここで働いているのだ。

サマンサは軽くうなずき、無理やり目を開けて微笑した。「ありがとう。もうよくなったわ」

カーラは心配そうにサマンサの青い顔を眺め、次いで部屋の反対側にいる男の顔をもっと気づかわしげに見やってから立ち上がると、もう一度二人の蒼《そう》白《はく》な顔に最後の一瞥《いちべつ》をくれて出ていった。

またもや静寂が部屋いっぱいに広がった。

サマンサは身じろぎもしなかったし、男も動かなかった。窓の外にぴたりと視線を当てている。窓はホテルのキッチンに面しているので景色がいいとはいいかねた。サマンサは空のグラスを見つめ、両手で慎重にもてあそんでいた。

「それで？」サマンサはこれ以上緊張に耐えられなくなってきいた。

「どうやら真実を話すときがきたようだな」彼も気が進まない様子だった。

男はおもむろに向き直り、なおも二、三秒緊張した面持ちでサマンサを見つめていたが、ようやく心を決めたらしかった。大股に近づいて腰を下ろすと、グラスにそっと手を伸ばした。

その拍子に彼の指がサマンサの指をかすめた。戦《せん》慄《りつ》が走り、動悸《どうき》が速まった。

「ぼくの目を見てごらん」彼は言った。

サマンサは目を伏せ、握り合わせた両手を凝視した。彼の言葉を聞いて歯を食いしばった。どうしても筋肉一つ動かせない。戦慄は奥深いおののきとなって、彼にもわかるほど全身が激しく震えた。

「ぼくが現れてショックだったのはわかるが、きみは真実に正面から向き合わなくてはならないんだよ、サマンサ……」彼は静かに言って聞かせた。

彼の言うとおりだった。サマンサはその言葉に従おうとしたが、やはり気が進まなかった。

「せめて話をする間、ぼくを見てくれないか」

ああ、どうしよう。目を上げてまっすぐ彼を見るにはありったけの勇気を要した。

とてもすてき、という感想が思わず浮かび、わびしい吐息のように全身を駆けめぐった。きちんと整えた髪はストレートで黒く、肌は日焼けしたように浅黒いが、一目見て、それが生まれつきの肌の色であることを前から知っている気がした。濃くて形のいい眉、黒く長いまつげ、濃いチョコレート色の瞳、鼻は高くもなく低くもない。サマンサの視線は下の方を漂い、厳しそうだが官能的な口元でたゆたった。力強くて、深い魅力を備えた端整な顔立ちだ。

しかしサマンサには、まったく見覚えのない顔だった。

この男は赤の他人ではないと主張しているし、実のところわたしも他人とは思えなくなってきた――サマンサは眉根を寄せて考えた。というのも彼に触れたとき、その感触になじみのある気がしたのだ。わたしを見つめるまなざしにも、わたしを知り尽くしているような親密さが感じられる。まるでわたし自身よりもよく知っているような。

「サマンサ」彼がせっついた。「きみはサマンサという名前だってことは知ってるね」

サマンサはブラウスの襟元を広げ、首にかけたネックレスを見せた。

ネックレスには金色でサマンサと書いてある。子供っぽいが美しいネックレスだ。「残ったのはこれだけだったの。あとはみんな燃えてしまって」

彼の目が再びきらりと光った。「きみも火傷《やけど》をしたのか?」鋭い口調できいた。

サマンサは全身に汗が噴き出るのを感じた。「いいえ」首を振った。「車が爆発する寸前に、誰かが引っ張り出してくれたの」ネックレスを放して、震える指をこめかみのピンクの小さな傷跡に当てた。「頭に怪我《けが》を」かすれた声で続けた。「腕と……」右腕を少し動かす。「右脚にも……」

彼の視線が膝に落ちた。厚手のストッキングをはいていても、その下の傷跡は隠せなかった。それから彼のセクシーな長いまつげがゆっくり持ち上がり、こめかみの傷跡を見つめた。「きれいな顔が……」そっとつぶやき、手を上げて傷跡に触れようとした。

サマンサは身を引いて拒んだ。この何カ月かの間、命が助かったのが嬉《うれ》しくて、傷跡がいやだと思ったことはなかった。だが、今はじめて身を隠したいという激しい欲求に駆られた。

彼は非の打ちどころのない類《たぐい》まれな容姿に恵まれた男性だ。わたしは、もはや彼の選択の基準には合わない女だ! サマンサは不意にそう悟った。

今度はサマンサが立ち上がる番だった。ただし彼のように優雅に振るまったわけではない。「あなたは誰なの？」険悪な口調で攻撃に回った。

彼も立ち上がった。「名前はヴィスコンテ」かすれた声で告げた。「アンドレ・ヴィスコンテだ」

そうだったのね。「ヴィスコンテ」サマンサはつぶやいた。「ヴィスコンテ・ホテル・チェーンの？」

彼はおもむろにうなずき、その名前が彼女にとってほかにも何か意味を持つ様子はないかとじっと見守った。だが、昨夜フレディーがその名前を口にしたときに感じたのと同じ奇妙な感覚のほかには、サマンサは何も感じなかった。

「それで、わたしは？」思いきって小声でたずねた。「わたしは誰なの？」

彼の瞳は再び暗くなり、サマンサのすべての神経は緊張した。「きみの名字も同じヴィスコンテだ」慎重に告げ、静かに言い足した。「ぼくの妻だ」

3

サマンサは真っ青な顔で体を硬直させ、目を固くつぶって待ちかまえた――今日受けたさまざまな激しいショックに続くこの新たなショックが、記憶を締め出している厚い壁を打ち砕いてくれるのを。

わたしの名前はサマンサ・ヴィスコンテ、心の中で唱える。彼の妻。この男の妻。何か心当たりがあるはずだ。サマンサは棒立ちのまま祈った。何か思い当たりますように！

が、覚えはなかった。「だめ」立ちこめる緊張の中で一言つぶやいて目を開き、茫然《ぼうぜん》とした表情で彼を見た。「その名前に心当たりはないわ」

ぴしゃりと平手打ちを食らわせたも同然だった。

彼は目をそらせて座り込み、背中を丸めてうなだれ、広げた膝に肘をついた。だが彼がそうする寸前にサマンサは、その瞳に苦悩の表情を浮かべ、自分の言葉の選び方が悪くて彼を傷つけたのを悟った。

「ごめんなさい」ぎこちなくつぶやいた。「そんなふうに聞こえるとは思わなくて、そんなに……」

「にべもなく?」彼は鋭い口調で言った。

サマンサは乾いた舌でかさかさの唇を湿した。

「あ、あなたにはわからないわ」たどたどしく釈明した。「記憶を揺さぶるのに必要なのはショッキングな出会いだと、お医者様に言われていたの……」

「酒が飲みたい」彼はサマンサの言葉をさえぎり、立ち上がってそそくさとドアへ向かった。

サマンサはほっとして彼を見送った。こんな事態に対処するには一人で考える時間が必要だ。だが彼女の目は、彼がそこにいるのがまだ信じられないかのように、その後ろ姿を無意識に追っていた。

「わたしたち、長いこと結婚してるの?」

彼が出ていくのを喜んでいたのになぜ呼び止めたのか自分でもわからなかったが、質問がふと口をついて出た。彼はドアのノブに手をかけて立ち止まり、サマンサは彼が振り向くのを息を凝らして待った。

「二年になる」答えた声にはどことなく奇妙な響きがあり、サマンサは気になった。「あと二日で、二度目の結婚記念日だ」そう言い添えると、彼は部屋を出た。

サマンサは閉まったドアを見つめた。さっきとは別のしびれに襲われて何も感じなかった。

あと二日で事故から十二カ月になる。とすると、最初の結婚記念日も二人で祝わなかったってこと? 記念日のお祝いに行く途中だったのかしら? 待ち合わせの場所へ早く行きたくて、気が急《せ》いて事故を起こしたとか? だからあんなに……?

いいえ、そんなふうに考えちゃだめ。警察も、事故はわたしのせいではないと保証してくれた。タンクローリーが濡《ぬ》れた路面で滑って車体が折れ曲がり、わたしの車のほかに三台の車に突っ込んだあげく、火だるまになって炎上した。タンクローリーは最初にわたしの車に衝突してねじ曲がり、そのまま暴走を続けた。後続の車の人たちは爆発炎上したタンクローリーの炎に巻き込まれて助からなかったが、わたしは車に引火しないうちに、ほかの車の運転手が助け出してくれた。だが緊急のことだったので、やむなく肉体的犠牲を払わされた。幸い、衝突の衝撃で頭に裂傷を負って出血し、すでに意識はなかったが、間に合ううちに救出するには、つぶれた膝をねじって金属の破片の間から引きずり出すしかなかったと聞かされた。腕も三箇所骨折していたが、その腕をつかんで引っぱらなくてはならなかったので、腕の損傷はいちだんとひどくなってしまった。

ありがたいことに今では腕は全快したし、膝も物理療法のおかげで日ましにしっかりしてきた。だが顔の傷跡は今も残り、鏡を見るたびに目につく。

ほかに考えるべきことがあるのに、なぜ今さら過去を蒸し返してるの？　どうかしてる！

彼は嘘《うそ》をついているのかも――その可能性は考えてみなかった。だがわたしの疑問に答える義務があると思わなければ、肉体的にも精神的にもこんな状態のわたしとかかわりがあると主張するはずがない。まともに頭が働く人なら名乗り出ないわ。

十二カ月もの間、名乗り出た人は一人もいなかった。なぜもっと早く見つけてくれなかったの？

彼はわたしが地獄へ落ちればいいと思っていたと言った。つまり、最初の結婚記念日も迎えないうちにわたしたちの結婚は破綻《はたん》してたってこと？　だから探す気にならなかったの？　誰かが新聞で彼の妻だと知ったので、仕方なく名乗り出たのかしら？

興奮が高まり頭がずきずきして、指でこめかみを揉《も》んだ。思い出したい。お願い、思い出させて！
彼はニューヨークにいたと言っていた。そこに住んでいるのかしら？　彼とはそこで出会ったの？　でもわたしのアクセントはあきらかにイギリス風で、この一年の間ありとあらゆる質問をされたが、国籍のことは一度も問題にならなかった。

出会ったのはイギリスだったとか？　家はこの近くにあったの？　彼は二箇所に家をかまえるほど裕福なのだろうか？　むろんそうに決まっている。名の通ったホテル・チェーンのオーナーだもの。見た目も裕福そうだし、服装にもそれは表れている。だとすると、わたしはどうなの？　生まれながらに裕福な女で、当然のなりゆきとして同じ階級に属する彼と結婚したってこと？

わたしが金持ちだったとは思えない。貧しかった気がする。実際、今は貧乏だけど。

何カ月も、チャリティーで寄付された服を着ていた。サイズの合わない服や流行遅れの野暮ったい服でも、心までも失った貧しい女には十分だった。衣服を買うゆとりができたのは、このホテルに雇われてからのことだ。チェーンストアーで売っている安物だが、少なくとも新品だし、わたしだけの服だ。

ヴィスコンテはこんなわたしのどこを見て自分の妻だと主張したのだろう？

サマンサは立ち上がり、壁にかかる曇った古い鏡の前に立った。こめかみの傷跡さえ見なければ、いちおう魅力的に見える。長くて波打つ赤い髪とすべすべした白い肌との対比は、以前なら目の覚めるような印象を与えたに違いない――何カ月にも及ぶ心身の過労で頰がこけ、目の下に黒いくまができる前だったら。以前から細身だったことは心の奥底で覚えていた。それに物理療法士は、運動選手みたいに筋肉質だと感心していた。〝ダンサーだったのかもしれないよ〟彼はサマンサの痛めた膝を巧みに動かしながら、痛みをまぎらせようとしてからかった。

〝きみの筋肉は強いだけでなく、しなやかだ〟

しなやかで細身のダンサーなら、かつては振り向く価値があった。だが今は違う、彼女は甘んじてその事実を認めた。あの男は肉体的には非の打ちどころがない。座り込んで泣きたくなった。

もういや。サマンサは突然パニックに陥った。こんなことはまっぴら！

彼がわたしを求めるはずがない。どうしてわたしが必要なの？　本当にわたしが妻なら、見つけるのになぜ一年もかかったの？　わたしを愛していたのなら、国じゅうをくまなく捜し回って当然じゃなくて？

わたしならきっとそうしたわ。サマンサは心に妙な痛みを覚えた。その痛みは、いくら理性が認めるのを拒んでも、彼に対してまったく無関心ではいられないことを告げていた。

「ああ、どうしよう」また座り込んで両手に顔を埋《うず》めた。耐えられないほど頭がずきずきした。

気を静めるのよ！　気を静めて、これからどうするか考えなくちゃ、彼が戻ってこないうちに……。

ドアが開いた。彼は部屋に入り、サマンサがすばやく顔を上げたのを見て、怪しむように目を細めた。

上着を脱ぎ、シルクのネクタイをゆるめてシャツのボタンをはずした。まるで窮屈な服に苛立《いらだ》って首の回りに新鮮な空気を入れたくなったみたいに。

サマンサの心に突然熱い興奮がわき上がり、めまいに襲われて頭がくらくらした。彼は金色の飲み物を入れたグラスを手に近づいてきた。「ほら、きみもこいつが必要だろう？」

「いいえ」サマンサは首を振った。「飲めないの。痛み止めをのんだから。でも、ありがとう」

その言葉が、あと五、六センチで触れそうだった彼を押しとどめた。なぜか触られるのはいやだった。

見知らぬ男。その言葉が恐ろしい警告のように何度も何度も鳴り響いた。サマンサは夫と称するこの男にまるで見覚えがなかった。さらに悪いことに、この男は他人だという妙な感覚は、はじめて感じたものではなかった。

彼はグラスを置くと、両手をズボンのポケットに突っ込んで彼女の前に立った。何かを待っている様子だが、それがなんなのかは想像がつかなかった。サマンサは二人の足の間のけばけばしい絨毯《じゅうたん》に目を落として、どうなることかと待ち受けた。

「膝の具合はどう?」

「えっ?」サマンサは目をしばたたいて彼を見上げ、また目をそらせた。「ああ」反射的に膝に手を当てる。「大分よくなったわ、ありがとう」

沈黙が訪れた。神経がすり切れそうだ。引き結んだ唇の裏側で歯を食いしばる。神様、どうか彼が何か言ってくれますように！　やあ、また会えてよかった、ぼくを覚えていないとは残念だ、だけどもう行かなくちゃ……。そんな残酷でありふれたことを言って、太い腕で引き寄せ、おびえて錯乱した気持ちが収まるまでぎゅっと抱きしめてほしかった。

彼はため息をもらした。それはあまりに痛々しく聞こえ、思わずサマンサは目をやった。彼は吐き捨てるように言った。「このホテルは最低だ！」

実際そのとおりだ――狭くて、みすぼらしくて、彼の体面にかかわりそうだ。しかしサマンサは言った。「わたしはここが好きよ。わたしにわが家と生きる力を与えてくれたの、そのどちらもなくしたときに」

それを聞くと、彼はまた青ざめ、隣の椅子にどさりと座り込んだ。二人の肩がもう少しで触れ合いそうになった。

「聞いてくれ」彼は言った。彼が必死で何かをこらえているのがわかり、サマンサは緊張してすっと背を伸ばした。電流が流れたように背筋がぴりぴりした。「ここを出なくてはいけない。人目につかなくて、その……リラックスできる場所を見つけよう」

彼は自分でも自信がなさそうに言った。こんな場合にリラックスできる人なんているかしら？　わたしにできないことは確かだ。

「話し合おうじゃないか」彼は続けた。「きみに質問する時間をあげよう。ききたくてたまらないことがあるに違いない。ぼくも同じだ」

彼はサマンサの反応をうかがったが、彼女はまっすぐ前方を見つめていた。

「ここよりも、エクセターにあるうちのホテルのほうが話しやすいだろう」

「あなたのホテル……」サマンサは去年開業したばかりの大きなホテルを思い出した。

「行くかい？」

「わたし……」どう答えたらいいの？　この一年の間、唯一安全と思えた場所を離れていいの？

「ぼくと一緒に行くか、ぼくがここへ移ってくるか、二つに一つだ」きっぱりとした口ぶりは、サマンサを騙《だま》そうとしているようには聞こえなかった。「うちのホテルのほうが百倍も快適だから、きみがぼくと一緒に行くほうがいいと思うが――」言いよどんだので、サマンサはこわごわ目を上げたが、それが彼の狙《ねら》いだった。チョコレート色の瞳は、冷酷な決意をたたえて黒い大理石と化していた。「二度とぼくの目の届かないところへは行かせない――この先ずっと。わかったかい？」

わかったか、ですって？　サマンサは息がつまった。「証拠が欲しいわ」小声でつぶやいた。

「なんの証拠だ？」彼は眉をひそめた。

「あなたが自分で名乗ったとおりの人物なのか、わたしの素性はあなたの言うとおりなのか、どっちにするか決める前に知りたいの」

てっきり気を悪くすると思ったが、意外にもそんな様子はなかった。それだけで十分彼が真実を語っている証拠だと思えた。

彼は黙って立ち上がり部屋を出ると、すぐにスーツの上着を手にして戻ってきた。上着のポケットを探りながらサマンサのすぐわきに立った。

「ぼくのパスポートだ」厚ぼったくかさばる書類をサマンサの膝の上に落とした。「それにきみのパスポート。古いものだが、きみの求める証拠にはなる」それもまた膝の上に投げた。「ぼくたちの結婚証明書」やはり二冊のパスポートの上に落ちた。「それから……」今度はさっきほど横柄な口ぶりではなかった。「写真だ」ひらひら舞い落ちて裏返しに着地した。「ぼくときみの結婚式の日の」

これだけの準備を整えてきたのか。サマンサは膝に積もった書類の山を手も出さずに見下ろした。

手を触れるのが怖かった。

なぜ怖いの？　彼の身元も、わたしの身元も、二人の関係も、彼に聞いて知っているのに。サマンサは彼の言葉はすべて真実だとすでに確信していた。真実でないなら、デボンの片隅の薄汚いホテルの裏部屋でこんな話をするはずがない。

だのになぜ、どうしてそのすべてを立証する証拠のものをこの目で見るのが怖いのだろう？

その疑問に対する冷厳な答えは、ほかの何よりも怖かった。そもそも事故の前から記憶をなくしていた理由を突き止めるのが怖いのだ。記憶喪失は車の衝突事故と直接の因果関係はない、と医者は言っていた。事故が引き金になった可能性はあるが、本当の原因は何か別の心の傷に深く根ざしていた。しかし重傷を負った上に、さらに精神的外傷と向き合うのは不可能だ。そこで彼女の心はこの上なくやさしい方法を取り、心の傷に鍵《かぎ》をかけ、肉体的外傷にだけ対処すればいいように計らったのだった。

こういう書類を見れば、その心の傷がどんなものであれ、その扉をこじ開ける結果になる。

「きみは決して臆病《おくびょう》者ではなかったよ、サマンサ」彼は穏やかに促した。その言葉は、彼女の考えを彼が正確に読み取っていることを示していた。

「今は臆病なの」そっとつぶやくと体が震え出した。

「じゃあ、一緒に見よう」彼はやさしく言った。そして積み上げた書類の下から自分のパスポートを引き出し、写真を貼《は》ったページを開いて尊大なポーズをとっている整った面差しを見せた。

〝ヴィスコンテ〟と記してある。〝アンドレ・ファブリツィオ〟〝アメリカ国民〟

「まるでギャングみたいだな」彼はその場を和らげようとして言った。それを閉じて、もう一冊のパスポートを取り出した。

パスポート用の写真は笑顔ではいけないのに、膝の上から見返している顔は人をそそるようなほほ笑みを消す術《すべ》を知らないみたいだった。緊張している様子はない。あくまでも生き生きとして愛らしく、そして……。

〝ヴィスコンテ〟と記してあった。〝サマンサ・ジエーン〟〝イギリス国民〟

「このパスポートをきみは結婚して半年ほどでなくしたんで新しいのを使っていた」彼が説明した。

「それを偶然見つけてね。そのときぼくは――」ためらって、また続けた。「ほかの古い書類を捜してたんだ」ようやく言ったが、何かほかのことを言おうとしたのはサマンサにもわかった。

彼が結婚証明書を手に取ろうとするとサマンサは押しとどめた。「それはだめ。ほ、ほかのを……」

彼はしぶしぶ写真をつまみ上げ、一瞬ためらってから表に返した。

サマンサは心臓がどきんとした――じっと見返しているカラー写真の顔は彼女自身で、真っ白なふわふわのウエディングドレスを着ている。

彼女は笑っていた。ハンサムな花婿の顔を見上げて。花婿は黒っぽいスーツの襟に白いばらをさし、広い肩に紙吹雪が散っていた。彼もやはり笑っていたが、ただ楽しそうというだけでなく、それ以上に何か……。

サマンサは、やにわに目をつぶってその顔を頭の中から締め出した。同時に激しく震え出し、冷たくなっていた肌にじっとり冷や汗が流れた。息がつまり、動くこともできず、周囲が黒い霧に閉ざされた。

誰かが低くののしるのが聞こえた。自分ではないのだから彼に違いないと思ったが、確かめる気力はなかった。次の瞬間、彼は両方の手で肩をつかんでサマンサを立たせた。書類の山が床に滑り落ちるのもかまわず、彼女をしっかり抱きかかえた。

サマンサは不意にまったく別の理由で攻撃されたように感じた。攻撃？　なぜ攻撃されるの？　自問したが、彼に温かくしっかり抱かれているという意識で頭がいっぱいだった。

「ああ、どうしよう」サマンサは呻《うめ》いた。気を静めようとして大きく息を吸い込むと、空気が胸を満たし、そのせいで彼のスパイシーな体臭が匂《にお》った。と思うと、サマンサの頭の中は完全に混乱した。

覚えがある。この匂いは嗅《か》いだことがあるわ。きわめて不愉快な記憶として……。

またもや気が遠くなり、そのまま彼の腕の中でぐったりして、長い間意識を失っていた。

再び正気に返ったときには、彼の手がしっかりとサマンサの頭を膝の間に押さえつけていた。

「じっとしていなさい」彼は座り直そうとするサマンサを叱《しか》った。「血液が頭に戻るまで待つんだ」

サマンサはぐったりしたまま慎重に呼吸を整えて待ち受けた……。

何も起きなかった。輝かしく、目も眩《くら》むような美しい記憶が押し寄せたりはしなかった。醜い記憶すらも。何も思い出さなかった。

サマンサはおそるおそる体を動かしてみた。今度は彼も止めず、彼女が座り直して彼を見上げるのを見守った。

「どうなんだ?」サマンサが一言も言わないので、彼は鋭く問いつめた。

サマンサは虚《うつ》ろなまなざしで首を振った。彼が何を考え、何を期待していたのかわかっていた――彼女も同じことを待ち望んでいたのだから。

彼の目がきらりと光り、緊張で口のまわりの皺《しわ》が白く浮かび上がった。やがて胸いっぱいに息を吸い込み、そのまま止めてからふうっと吐き出した。

「それなら、こんなことはもうやめにしよう。専門医に相談して、きみが自分と向き合うたびに気を失う原因が見つかるまでは」

自分と向き合うんじゃないわ。サマンサは訂正したかった。あなたとよ。

だが口には出さなかった。その問題には深入りしたくない。今は困る。わたしの全世界が崖《がけ》っぷちで危うく均衡を保っているように感じる今は。

「じゃあ、これで決まった」彼はきっぱりと言った。「きみはぼくと一緒に行くんだ」散らばった書類を拾い集めると、サマンサの膝にどさりと落として言った。「いくつか電話をするところがある。その間にきみは部屋へ行って荷物をまとめたまえ。それまでには、ぼくの用事も済むから一緒に――」

「わたしは何も意見を言えないわけ?」サマンサは鋭い口調できいた。

「だめだ」くるっと振り向いた顔には、冷酷な決意があった。「つまらんことを言うな。ぼくはこの一年というもの、代わる代わる、きみは死んだと思ったり、死ねばいいと願ったりして過ごした。だが、きみはそのどっちでもなかった、そうだろう、サマンサ？」彼ははっきりと言った。「きみは一種の忘れ去られた場所にいて、きみをそこから解き放つ鍵はぼくだけが握っている。その事実をぼくは知ったんだ。きみが解き放たれるまでは、きみが死んでいたほうがよかったのかどうかぼくにはわからないし、きみもなぜそこにとどまりたかったのかわからないだろう。新聞記事によれば、事故のあときみはエクセターの病院へ運ばれたとあった。とすると、おそらく治療もそこで受けたと思うが？」

サマンサはうなずいた。

彼もまたうなずいた。「それなら、これからエクセターへ行っても、誰か確かな知識を持つ人から助言を受けるまでは、当時のことを口にしたり、当時とかかわりのあることをしてはいけないよ」彼は断固とした態度で続けた。「きみは、ぼくがきみの夫で、きみがぼくの妻だってことを認めればいい。それ以外のことを知るには待つしかないんだから」

待つのよ……。

4

その男にのこのこついていかないで、答えが出るのを待つべきだ――カーラがそう考えたのはあきらかだ。「だってまるっきり知らない男なのよ！」サマンサが部屋の中を歩き回ってわずかな持ち物をまとめていると、カーラは反対した。「彼がほんとのことを話してるって、なぜわかるの？」

「どうして嘘《うそ》をつく必要があるの？」サマンサは相手の質問を逆手に取って言い返した。

「知らないわ」カーラはいらいらした様子でため息をついた。「ただ、この先どうなるかもわからないのに、彼についていくのはまずいと思って」

サマンサは返事の代わりに、黙って結婚式の写真を手渡した。

カーラはその写真をじっくり眺め、次にサマンサを見て、再び写真に目を戻した。そして急に表情を変えた。「こんなに美しい写真を忘れるなんて、あなたはいったいどうなっちゃったのかしらねえ」痛ましそうにつぶやいた。

写真を見るとどんな気持ちになるか、カーラに説明できたらいいのに。

むなしさ、サマンサはその気持ちをそう名づけた。しかもそれには、妙な心の痛みが伴っていた。何やらひどく陰鬱《いんうつ》な気分が。「彼が何者か知ってる?」サマンサは小声でたずねた。

「ネイサン・ペインに聞いたわ」カーラはうなずいた。「でも、彼が実業界の大物のヴィスコンテだからって、あなたを見つけるのに一年もかかった理由を説明しなくていいってことにはならないわ!」

本当だ、サマンサもそれは認めた。ベッドに腰を下ろすと、さっきから感じていた重苦しい不安に再びどっと襲われた。

「わたしが言いたいのは……」サマンサの気持ちがぐらついたのを察して、カーラはあくまでも自分の意見を主張することにした。「あの事故が起きて一、二週間は、この辺ではあなたは有名人だったのよ。あなたの窮状を地元の新聞がこぞって報道したもの。だから妻の行方が知れなくてほんとに心配してたら、どんな障害があろうと、あなたを見つけようとしたと思わない? 少なくとも警察署や病院に当たってみるぐらいのことはできたはずよ。あなたはそんなに美人で人目につくんだもの、サム」カーラは指摘した。「よしんばあなたの身元を知らなくても、サマンサって名前の背の高いすらりとした赤毛の女ってだけで、手掛かりとしては十分じゃない?」

「彼は多分遠くへ行ってたのよ、外国かどこか」サマンサの念頭にあったのはニューヨークだった。

「彼にきかなかったのね?」カーラは問いつめた。

サマンサ自身も、彼に詳しい説明を求めなかったのに気づいて愕然《がくぜん》とした。実はききたくなかったのだ。なぜかきかないほうが無難な気がした。

サマンサは顔をしかめて白状した。「困ったことに、少しでも個人的な話になると、そのたびに気が遠くなっちゃうの」

「それならなおさら、彼の世話になる前に慎重に考えてみなくちゃ。そうじゃないかしら?」

むろんよくわかっている。だけど……。

サマンサはゆっくり立ち上がると写真をそっと手に取り、寂しげな、だが決然とした目でカーラを見つめて静かに言った。「わたしがこんなことになった原因を見つけようと思えば、彼と一緒に行くしかないわ」サマンサにとって、それは明確で、しかも唯一の答えだと思われた。


サマンサは? アンドレは時計を見て、またポケットに手を戻した。時間がかかりすぎている!

「くそ!」彼はつぶやいた。鬱積していた怒りが、また一歩爆発に近づいた。「このホテルを見ろ!」見下したようにがなり立てた。「たった今くずれ落ちたって、惜しがる人なんぞいるものか」

ネイサン・ペインが目を上げた。アンドレは不意に、支社長の目に自分がどう映っているかを悟った。フロントの前の趣味の悪い絨毯《じゅうたん》の上を、一戦交えようという顔つきで行きつ戻りつしている自分は、まるでうろつき回る豹《ひょう》だ。

ちくしょう、アンドレはひそかにののしった。

サマンサはこんな惨めな環境で暮らしてたのか。それだけでも誰かの息の根を止めてやるだけのことはある! 連れ出すのは早いに越したことはない。

いったいどこへ行った?「彼女の部屋に電話し

ろ」彼はネイサンに指示した。

「いや、用意ができたら来るでしょう」

「もう一時間もかかっている」

サマンサと一緒にいた女はぼくを嫌っていた。ぼくがあまりにも強引だと考えているのだ。そしてサマンサはひどいショックを受けているから、誰かとどこかへ行くのは無理だと思っている。ちくしょう、まったくそのとおりだ。アンドレは渋い顔をした。

「彼女はここにいれば安全だと思っているのに、そこから連れ出すのはちょっとせっかちだと思いませんか？」ネイサンは率直に意見した。

よけいなことを言うな。「ぼくが安全な環境を与えてやるよ」

「彼女はショックを受けてますよ、アンドレ」

「ぼくだって同じだ」

「その上おびえているようです」

ぼくがそれを知らないとでも？「ぼくはサドでもマゾでもないよ、ネイサン」むっとして向き直った。「檻《おり》の中で鎖につないで、一時間ごとに鞭《むち》でお尻をひっぱたくつもりはない！」

「それを聞いて安心したわ」別の声が割って入った。振り向くと、スタッフ用の部屋へ通じる通路の前にサマンサが立っていた。ブルーのシンプルなシフトドレスを着て、髪は小さなシニヨンに結い上げ、身なりそのものがサマンサの挑戦的な態度を示していた。わざとそうしているのか、潜在意識がそうさせるのか？アンドレは苦い顔で思案した。神経がすり減りそうだった。いずれにしろ、挑戦しているのは確かだ。つんとあごを上げ、口をすぼめ、緑の瞳から冷たい火花を散らせて戦いを挑んでいる――昔のサマンサそのままに。

これまでサマンサに対抗できたためしはなかったし、対抗するつもりもなかった。アンドレは彼女を見つめ返すとゆっくりと嘲《あざけ》りの言葉を吐いた。「きみは服従が得意ではないね、ぼくのいとしい人《ミア・ドルチェ・アマンテ》。人生のどんな局面でも平等を要求する」

彼は〝ぼくのいとしい人〟とイタリア語で言った。彼女が覚えているかどうか確かめたかった。サマンサの顔がほんのりピンクに染まったのを見て、アンドレは嬉《うれ》しかった――確かに通じたのだ。

「用意はできたかい？」彼はサマンサの反応に気をよくして穏やかにたずねた。だが彼女が歩き出し、杖《つえ》をついているのを見たとたん、たちまち顔色が変わった。

再びどっと怒りがわき、アンドレは牙《きば》から毒液をしたたらせるがらがら蛇さながらネイサンを振り向いて次々と命令を発した。同情を示したネイサンは無言のうちにその命令に従ったが、アンドレはますます不機嫌になる一方だった。あんなに美しくて生気にあふれていたサマンサが、助けがなくては歩けないほどひどい苦痛に耐えているとは！

サマンサはそんな彼にかまわず表に出た。杖をついているのを目にしたとたんに彼がうろたえたのを見て傷ついたし、ネイサン・ペインに命令した独裁者じみた口調も気に入らなかった。ネイサンはホテルに残って、支配人が戻るまでサマンサの代わりを務めることになったようだ。

「ずいぶん威張っているのね」カーラが言った。

サマンサは否定できなくて黙り込んだ。

「それに、あなたに首ったけよ」

突然、静電気がサマンサの背筋を走り、体じゅうの毛が一本残らず逆立った。「まさか、こんな女に？」自嘲《じちょう》して杖を蹴飛《けと》ばした。「確かに〝イタリア人〟と〝誘惑〟って言葉はいつも一緒に使われるけど、実際、この二つは切り離せないわね」

「そうよ、彼はきっとイタリア系のアメリカ人なのよ」カーラは勝手に決めつけた。

サマンサは本当のところは知らなかったので肩を

すくめた。ヴィスコンテという名前は明らかにイタリア系だ。彼のアクセントは間違いなくアメリカ人だけど、ファーストネームは確かフランス系じゃないかしら？　眉間《みけん》に皺《しわ》を寄せて考えた。

「ほんとに大丈夫だと思う？」サマンサが眉をひそめたのを見て、カーラは心配そうにきいた。

いや、大丈夫とは思えない。サマンサは暗い表情ででこぼこの駐車場を眺めた。そこに停《と》めた二台の車が成功のシンボルのように目についた。一台は小粋《こいき》な黒のポルシェで、もう一台はレーシングカーのグリーンのジャガーだった。

「サマンサ？」カーラが返事を促した。

サマンサは答えた。「実は今も不安なの」

アンドレが大股でホテルから出てくると、雰囲気は一変した。サマンサはカーラからスーツケースを受け取った。

サマンサとカーラは、アンドレがじれったそうに鍵束《かぎ》をじゃらじゃら鳴らしながらにらみつけている前で、しっかり抱き合った。

「体に気をつけてね」サマンサがささやいた。

「ええ、あなたこそ」カーラが答えた。

「さあ、行こう」アンドレは険しい声で促した。

サマンサは例の恐怖が心の中でわき上がるのを、必死で抑えた。

「電話してね」カーラが別れを惜しむように言った。

「約束するわ」サマンサはうなずいた。彼のあとについて、最初の大きな一歩を踏み出しながら、まぶたの裏が熱くなった。

彼女の涙を察知したのかもしれない。何かが彼の足を止めさせ、振り返らせた。彼は黒い大理石のような目でサマンサを射すくめた。サマンサは目を伏せ、下唇をかんで苦悩の波にのまれるのをこらえ、石段を下りることに意識を集中した。

彼が手をそっと伸ばしてスーツケースを取り上げ

るまで、サマンサは彼が戻ってきたのに気づかなかった。それから彼は誰にも目を向けずにジャガーの方へずんずん歩いていった。車のトランクを開けてスーツケースを投げ入れ、助手席の側に回って、新入りの囚人を閉じ込めるのを待ち受ける看守のようにドアのわきに立った。

サマンサは檻と鎖を連想して、ヒステリックな笑いがふつふつと喉元に込み上げた。涙と笑いを同時にのみ下しながら車に近づき、顔をそむけたまま身をかがめて乗り込んだ。

断りもなしに杖が奪われ、ドアが必要以上に音高くばたんと閉まると、サマンサは柔らかなクリーム色のレザーとくるみの化粧板に囲まれた、これまでとはかけ離れたぜいたくな空間の中にいた。五秒後には運転席のドアが開いて彼が乗り込み、後ろのシートに杖を投げた。彼が長身の体を折るようにして隣のシートに収まると、サマンサは魅力的な彼の香りに気づいた。上着は着ているがネクタイはゆるめたままだ。痩《や》せぎすで、険悪で、よそよそしく見えた。

二人は一言も言葉を交わさなかった。彼は広い胸にシートベルトをかけてきちんと留めると、サマンサをちらっと見やってシートベルトを確認した。それから少し座り直すと、エンジンを始動させてギアを〝ドライブ〟の位置に入れ、車を出した。

すべてはあまりにもすばやく、厳然と運ばれてしまった。サマンサは最後にホテルをちらっと振り返り、またしてもまぶたの裏が熱くなった。さようなら、無言でなごりを惜しんだ。

「なぜ杖をついている？」唐突に彼が大声を出した。

サマンサはかっとして言い返した。「杖をつくのが気にさわるなら、わたしを見つけた場所へ引き返して車から降ろしてくれればいいわ。いくら嫌われても、足を引きずるのは治らないんだから！」

「気にさわったわけじゃない」彼は否定した。「すごく腹は立つが、不快とは思わないよ。脚のことを話してくれないか？」しつこく問いつめた。

絶対諦《あきら》めないのね？　サマンサは深く息を吸い、質問に答えた。「膝の関節は事故でつぶれたんだけど、車が炎上しないうちに急いで引きずり出されたせいで、よけいひどくなっちゃったの」彼はたじろいだが、サマンサはかまわず続けた。きいたのは彼のほうだ！「それ以来四度も手術を受けて、信じられないかもしれないけど、これでも脚の悪いのは二カ月前の半分も目立たなくなったのよ」最後は皮肉たっぷりに言ったが、それでも彼は諦めなかった。

「この先まだ手術をするのかい？」

「いいえ、今の状態より、よくなるのは望めないの。だから、今のうちに言っておくけど、あなたが見せてくれた写真のままの妻を取り戻したいなら、それはできないわよ！」

「言っておくが、ぼくだってそのうち落ちつくだろうさ」わざとゆっくり言うと、彼は不意に笑顔を見せてサマンサの心臓をどきんとさせた。目元まで笑って、心底愉快そうな表情だった。わたしは意地悪くわめいたのに、何か特別のプレゼントでももらったようににこにこしている。

「道路から目を離さないで！」サマンサは心の中に突然わいてきた感情を必死でわきへそらそうとして、大声で注意した。

彼は悪態をついて、サマンサがぎょっとするほど唐突にアクセルから足を離し、カーブした道路に注意を戻した。「すまない。不注意だった。きみがあれ以来、車に乗ると不安になるのはわかっているのに——」

「ううん」サマンサはため息をついた。彼にそんなことまで考えさせてしまった。「ちゃんと運転してくれさえすれば平気よ。あなたはもちろんちゃんとしてるもの」

再び静寂が垂れこめた。アンドレは運転に専念し、サマンサは検討すべき自分自身の問題に集中した。

「ところで、トレマウント・ホテルはどうしてあんなひどい状態になるまでほうってあったんだい？」彼は一、二秒待ってから促した。「以前は、ひとかどのホテルだったように思うが……」

「実際そうだったの」サマンサはドライブの間の沈黙を埋める無難な話題が見つかり、ほっとしてうなずいた。「もとはビクトリア朝風で、当時のイギリスのアッパーミドル階級向けに建てられたホテルだったの。見る人が見れば、建築の面でも重要なものがたくさんあるのよ」

「よほどしっかり見ないことにはね」

「よっぽど心ある人でないとね」

サマンサにやり込められて彼は苦笑した。

「イギリス人の休暇の行く先が外国へ移ったころは大変だったけど、今はまた国内の観光地に戻ったから、まともな開発業者が手がければトレマウントは将来有望だわ。専用のビーチがあるし、いちばん近い観光地からそんなに遠くないもの。それに、ホテルの私道を走ってきたとき気がついたと思うけど、本館の右手に広い空き地があるの。あそこは以前九ホールあるゴルフコースだったけど、手入れをしないから荒れ果てちゃって。きちんと手を入れれば、きっと……」

サマンサが、自分ではまったく意識しないでホテルの将来性について報告しているのにアンドレは気づいたが、しゃべるがままにさせた。社内のトップクラスの鑑定人の報告より詳しく調査がゆき届いている。一方のサマンサは、こういうことが自分の第二の天性になっているとは思いも及ばなかったし、彼と同じくこれまでずっとホテル業に携わってきたとは知る由もなかった。

また以前の習慣で、知らず知らず話の合間に彼の名前を口にし、長い指を立てたり、細い手首を円を描くようにひねったりした。そんな手振りを交えた話しぶりは彼には見慣れたものだった。

アンドレは何かに八つ当たりしたくなった。彼の名前を口にするときのセクシーな響きや手の動きは以前のままなのに、それ以外は以前のサマンサとは似ても似つかない。堅苦しいヘアスタイル、野暮ったい身なり、目の表情までが声の調子と同じくどんよりとして単調だ。話しているときくらい生き生きして当然なのに。

以前のサマンサは明るく活発でエネルギーにあふれていた。もの静かで無感動な今のサマンサを見るのはショックだった——二人の結婚の話に触れたときは別だが。あのときは感情をあらわにしたのはいいが、おびえて気を失ってしまった。

エクセターまで一時間あまりかかった。だが夢中でしゃべっていたサマンサは、車がホテルの前庭になめらかに停まったのに気づいてびっくりした。

「これが、かの有名なヴィスコンテ・エクセターね」サマンサは興味津々で観察した。「去年の大々的なオープニング・セレモニーのことは新聞で読んだけど……」去年、と心の中でくり返し、突然はっとして眉を寄せた。「セレモニーにはあなたも出席したの？」鋭くたずねた。こんな近くまで来ていたのに、お互いに知らなかったなんて！

彼が妙に静かなのにサマンサは気づいた。半ば目を伏せ、険しい表情でむっつりしている。「いや、来なかった」車を降りて、彼女のためにドアを開けようと長いボンネットをすばやく回ってきた。

「なぜ？」サマンサは問いつめた。

彼は顔をしかめた。「えっ、なんだって？」

サマンサは険しいまなざしできっと上を向いた。

「自分のホテルのオープニングなのに、どうして来なかったの？」一言一言明確に発音した。

「やれやれ」彼は笑ったが、いかにも不自然な笑いだった。「うちのホテルのオープニングだからって必ず出席するとは限らないよ」サマンサがシートベルトをはずさないので、彼がかがんではずした。「ヴィスコンテ・チェーンのホテルは世界じゅうにある。スーパーマンでもなければ――」

「この国にいなかったの？」

今思い出したが、あのオープニング・セレモニーは盛大だった。出席した地元の名士の名前はずらりと地方紙に報道された。サマンサは病院のベッドに寝たきりでほかにすることもないままに、そうした記事を貪《むさぼ》るようにくまなく読んだのだった。

探したのだ。何か記憶を揺さぶるものがないかと。しかし、何もなかった。

なぜ？　あれほどくり返し読んだのに、結婚後の姓を見ても心当たりがなかったのはどうして？

それはわたしが自分で記憶を締め出していたからだ。今日この男が現れてヴィスコンテという名前を無理やり押しつけるまで、彼にまつわることはいっさい心から排除していた。

セレモニーにはオーナーが自ら出席する予定だったが、土壇場になって海外出張のため取りやめになったと新聞に出ていたっけ。

彼は事故から一カ月しかたたないのに、もう外国へ出かけていたのだ。

サマンサは険しい目でアンドレを射すくめた。「捜すのが面倒だったの？　それともわたしが行方知れずになったときには、すでに二人の結婚は破綻《はたん》してたのかしら？」冷ややかに問いつめた。

彼の顔つきが厳しくなった。「そういう質問には答えない」彼女の腕をつかんで立たせようとした。

「なぜ？」サマンサは立つまいと抵抗して言いつのった。「心配したって思わせたいのに、返事をすると、心配しなかったのがばれちゃうから？」

「返事をすると、また気を失って倒れるかもしれない。専門医に相談するまでこの話はやめだ」

彼はサマンサを車から降ろそうとしたが、怪我《けが》をした脚に体重がかかって彼女が唇をかんだのを見て、小声で悪態をついた。

サマンサは大声をあげないように懸命に気を引きしめ、彼の腕につかまって体重を支えた。するとまたしても気持ちがたかぶり、脚の痛みをこらえるだけでなく、手の下の弾力のある筋肉の感触にも気を張って抵抗しなくてはならなかった。彼のたくましさと男らしさに陶然となり、小麦色の熱い肌を心に思い描くうちに、その悩ましくセクシーなイメージと耐えている脚の痛みとが溶け合って、どちらがどちらとも区別がつかなくなった。

「そのいまいましい脚はひどく痛むのか？」彼がいらいらして怒鳴った。

その声で大切な瞬間は失われた。それよりはるかに大切な多くの記憶とともに。目を開けたサマンサが見たのは、やはり見知らぬ他人だった。サマンサはすっかり混乱して立ち尽くした。愛し合う二人のもつれた体がほぐれるように、脚の痛みが悩ましいイメージから分離して激痛がもう一方を消し去った。

緑の瞳――アンドレは考えた。あの色はぼくと愛を交わすときだけ情熱をたたえて濃い緑に変わった。しかし今日は別のものが見える。狼狽《ろうばい》と、苦痛と、絶望が。「答えたまえ」彼は自分の心の内に荒れ狂う激情が、彼女の瞳に燃えている表情の一つ一つとかかわっているのを悟った。

「すごく痛いの」彼女は立ってみる前にうつむいて、おそるおそる膝を曲げたり伸ばしたりした。

彼はサマンサを抱き寄せ、キスをして痛みを消し去ってやりたい衝動をなんとか抑えた。

親密に触れると失神するという器用な特技を持っ

ているからには、それは賢明とはいえない。彼は渋い顔で口元をぎゅっと引きしめ、彼女が地面に足を下ろしてこわごわ体重をかけるのを黙って見守った。今度はちゃんと立てたようで、サマンサは彼の腕をつかんでいた手をゆるめた。ほっと吐息をもらし、ついに完全に手を放した。

「大丈夫だわ、杖を渡してくださる？」

彼の心にまたもや新たな怒りがわき出した。今度の怒りはあのいまいましい杖が原因だ。彼は杖に対して激しい憤怒《ふんぬ》の気持ちを抱いた。

「ぼくに寄りかかればいいじゃないか」

「歩く方法がほかにある限り、ごめんこうむるわ」サマンサは悪意に満ちた言葉をぴしゃりと返した。

「やれやれ」じれったそうに、彼はぼやいた。「なんだってぼくを極悪非道な怪物みたいに言うのをやめないんだ？」

サマンサの顔にさっと血がのぼった——自責の念からではなく怒りのせいで。「わたしが行方知れずになって一カ月もしないのに、あなたはもうこの国にいなかったのよ」サマンサは彼をとがめた。「ほかにどう解釈したらいいの？」

彼は答えなかった。口を真一文字に結んで言い争いから退散し、目をそらせて指をぱちんと鳴らした。ブルーのユニフォームのドアマンが走ってきた。

議論は終わりだ。サマンサはむっとして、彼がスーツケースを運ぶようドアマンにてきぱき指示するのを聞いていた。彼はサマンサの前に身を乗り出して車から杖を取り出し、むっつり黙ったまま手渡した。彼女も黙って受け取ると、相変わらず押し黙ったままホテルの入り口へと歩き出した。一緒にいながら、礼儀正しい他人同士のように一人一人別々に。サマンサのさっきの言葉が、この先どうなるかを示す前兆のように、いまだに二人の間の宙に浮かんでいた。

5

エクセターのホテルの内装はおおよそサマンサの予想どおりだった。床の絨毯《じゅうたん》も、クリーム色とグリーンの交じった柔らかな地色と巧みにあしらった濃いワインレッドの対比が美しく、さっき出てきたホテルのまがいものの豪華さとは雲泥の差だった。

しかし数分後、スイートの中で男と二人きりになったサマンサは自分の弱い立場を悟り、インテリアを観察するどころではなくなった。

彼も同じことに気づいたらしい。小さな吐息をもらし、慎重にきいた。「ここでいいかい？」

いいや、と答えたかった。困るわ、今までいたホテルへ帰りたい、と。だが分別か、あるいは愚かしさか、そのどちらかが言葉を口に出すのを押しとどめた。「あなたはもうこの部屋を使っていたのね」そのことを示す持ち物がいくつか散らばっていた。

「昨夜《ゆうべ》こっちに着いてきみを捜しに行く前に、時差ぼけを治すためにしばらくここで眠ったのさ」

ならやっぱり、フレディーの推察どおりロンドンからの終列車で来たのだ。サマンサは苦笑し、横を向いて室内に気を取られているふりをした。

再び静寂が訪れた。サマンサは見られているのを意識しながら歩き回り、隣の部屋へ入った。

「探しものは見つかった？」彼がたずねた。わたしが何を探しているか承知の上で嘲《あざけ》っているのだ。

スイートには寝室が二つあり、それぞれバスルームがついていた。プライバシーを主張して争う必要はない。「ええ」サマンサは窓の外へ目を移した。あごを上げ、緑の瞳は、好きなだけ嘲るがいいわ、と告げていた。

　そのとき電話が鳴った。サマンサは電話のベルを聞いてこれほどほっとしたことはなかった。彼は大股で部屋の反対側にある机へ向かい、サマンサは専用の広いバルコニーへ通じるフランス窓のハンドルを回した。外に出るとバルコニーの手すりにもたれ、緊張を解いてほっと吐息をついた。何度も深呼吸して新鮮な空気を吸いながら、ずっと前から規則正しい呼吸をしていなかったのに気づいた。

　ストレスと緊張。緊張とストレス。この二つはどう違うの？　サマンサにとってはどちらも固くしめつけるような感覚に思えた。

　ああ、なんだって彼に説得されて、おめおめとついてきてしまったのだろう？　自分の弱さが頭の上に重くのしかかる気がした。

　それから自分に言い聞かせた——理由はわかっている。彼がわたしの身元を知っていたから、すべての問題の鍵《かぎ》を握る男だからついてきたのだ。

　それとも、彼自身が問題なのだろうか？　わたしは彼と結婚していた。その確かな証拠を見たのに、なぜ結婚していた実感がないの？　左手を見たが、指輪をはめていた跡はなかった。

　じゃあ指輪はどこ？　事故のときはめていたとしても、事故のあとではめていなかったのは確かだ。

「出かけることになった」

　背後から声をかけられ、サマンサは警戒するように振り向いた。彼はバルコニーへの出口に立ちはだかり、濃いまつげの間から上目使いにサマンサを観察していた。きちんとカットした髪は黒々として、しゃれた服を無頓着《むとんちゃく》に着こなしている。顔立ちも体つきも申し分がない。それなのに、彼のことになると、こんなに狼狽《ろうばい》するのはなぜなの？　自分に向かって答えた。彼の内面が問題なのだ。わたしを苦しめ悩ますのは彼の内面で、彼の外見はわたしを落ちつかない気持ちにさせるだけ。

「仕事でね」彼が言い訳をしたので、サマンサはまばたきをして彼に注意を戻した。「二時間ほどで戻る。きみの昼食は頼んでおいた。食べたら一眠りしたらどうだい?」杖《つえ》にしっかりと寄りかかっているサマンサに目を走らせると、黒いまつげが揺れた。「ネイサンの話では、きみは毎晩トレマウントのバーのカウンターに立っていたそうだね。そんなに膝が悪いのに無茶じゃないか」

「自分のペースで歩けば平気なの」サマンサはそっけなく答えた。

彼はその答えを無視した。「一晩じゅうバーで働いて、昼間はずっとフロントにつめてるなんて。そんなに疲労困憊《こんぱい》している様子なのも無理はない」

サマンサのあごが上がり、緑の瞳が憤然と燃えるようにきらめいた。「わたしだってみんなみたいに食べていかなくてはならないし、それにあの仕事が好きなの。トレマウントの支配人には感謝してるわ。わたしはやつれて見えるし、病院へ通うのに何時間も取られる。それを思えば、よく雇ってくれたわ。とても親切にしてくれたの」

彼はその言い分をばかにして退けた。「彼のほうこそきみに親切にしてもらったんじゃないのか? きみも支配人も知らなかったとはいえ、彼はきみを雇ったことで、ホテルの経営管理にかけてはトップクラスの経験者を手に入れたわけだ」

サマンサは驚いた。だが自分がホテルの日常業務にごく自然に溶け込んだのを思い返すと、さほど意外ではなかった。以前もこの業界で働いていたことに、もっと早く思い当たって当然だったのに。

彼はもたれかかっていたドアからぐいと身を起こし、続けた。「それに今では、きみは次の食事にどうやってありつこうかと心配する必要はなくなった」批判的な目でサマンサを見つめた。「サマンサ、今きみが真っ先にするべきなのは見苦しくない服装を整えることだ。きみはいつもぜいたくで、安っぽい服は着なかったよ」

「ほかにも何かあなたのおめがねにかなわない点があって？」ちくりと皮肉った。

「ああ」きらりと目が光った。「その髪型も気に入らないね。淑女ぶった高慢ちきな女に見える。実は魅惑的な妖婦《ようふ》だとぼくは知っているが、みんなに間違った印象を与えるのはいけない」もったいぶって言うと、すっと背筋を伸ばした。「じゃあ行くよ。用事が済みしだい――」

「もう二度と食べる心配はしなくていいって言ったわね」サマンサは今やふつふつと怒りがわいて口をはさんだ。「ということは、あなたに食べさせてもらうという意味？　それとも、どこかにわたしのお金が預けてあるのかしら？」

「きみには莫大《ばくだい》な額の銀行預金がある」彼は大手の銀行の名前を告げた。


「それじゃ、自分のお金を引き出すにはどこかの支店へ行って身分を証明すればいいわけね？」彼がうなずくと、サマンサはほほ笑んだ。「ならば、よく見張っていたほうがいいわ、シニョール」やさしい声でいやみたっぷりに言った。「だって、わたしがあなたの言うような妖婦なら、またあなたの前から姿をくらます決心をするかもよ。そうしたら、こんなことは前にも経験済みだって思うのかしら？」

最後の痛烈な皮肉が二人の間にまだこだましているうちに、彼はサマンサの前に立ちはだかった。

「やってみるがいい」彼は怒鳴った。「必要とあれば今度は地の果てまでも必ず追いかけていくぞ！」

サマンサは彼の瞳に燃える警告をものともせずに言った。「前のときはなぜそうしなかったの？」

「しなかったって証拠がどこにある？」アンドレも直ちに反撃した。

「わたしがいなくなって一カ月もしないうちに、あなたはこの国を出たのよ。それは大変なことだと思わない？」

「国内にはいなかった。そうとも」いきり立って言い返した。「ぼくが国を出た理由は、きみが突き止めるべきもう一つの課題だ」指先をこめかみに突きつけた。「きみの閉ざされた心はその答えを見つけなくてはならない」

サマンサの反応は彼だけでなくサマンサ本人にとってもショックだった。とっさに飛びすさったので、危うく転ぶところだった。

「なんだってそんな無茶をするんだ？」彼は大声を出し、反射的に手を伸ばして彼女を支えた。

サマンサはまたしてもあとずさった。「あなたに触られるのが……いやなの」ぞっとして体が震え、言葉につまった。

侮辱されて、彼の瞳がいちだんと暗くなり、怒りがめらめらと燃え上がるのがわかった。「いやなのか？」彼は静かな声で応じた。「それならどれくらいいやか、実際に試してみようじゃないか」

次に気づいたときには、サマンサは二本の腕でがっちり押さえ込まれて唇を押しつけられていた。意識がもうろうとし、全身に衝撃が走り抜けた瞬間、それを熟知しているという感覚に圧倒された。

この口は知っている。唇の感触、この口の形、私の反応に合わせたセクシャルな動き。きつく結んだ唇を開かせようとして、唇の合わせ目に沿って舌で愛撫《あいぶ》する、軽く湿った感触にも覚えがある。

もっと悪いことには、サマンサはそれを求めていた。キスに応《こた》えたくてたまらず哀れっぽい声をもらした。驚くほどなじみのある興奮がざわざわとわき立ち、キスだけでなくその感覚にも必死で抵抗しなくてはならなかった。熱いかたまりが下腹深くよどんで、欲望に胸がうずいた。

もうだめ。耐えきれない。

彼を押しのけようとして両手を上げると、バルコニーの床に杖が大きな音をたてて倒れたが、サマンサは彼を押しやるどころか肩にしがみついた。そのとたん、さらに強い親近感がわいた。自分と彼の背丈の差もちゃんと覚えていた。彼の肩幅も、自分よりずっと力が勝っていることも。

そしてこんなふうに抱かれていると、自分がいかにも小さくか弱く感じられ、とても女らしく感じられるのも覚えていた。

彼もそれを悟ったようだった。肩に当てた両手が背筋に沿って腰まですうっと滑り下りたかと思うと、サマンサをぎゅっと抱き寄せた。彼女は呻《うめ》いた――ああ、いけないわ。こんなことまで許してしまった。唇で口を押し開いて舌をからませて味わうのを許し、あらがうのをやめてあっさり熱い情欲の誘惑に屈してしまった。

彼がすっと身を引いた。あまり唐突だったので、サマンサは彼にもたれたまま茫然《ぼうぜん》と見上げた。

「ほら……」彼は低い声で勝ち誇って言った。「ぼくが触れるのはいやだと思っても、きみはいくらキスをされてもまだ足りないみたいだったよ、マイ・ダーリン。今起きたことをどう説明する?」彼は指先で彼女の額を叩《たた》いた。さっきまでの情熱的な出来事はすべてふりだしに戻った。

それと同時にあのなじみのある感覚は消え去り、ふと気づくと、サマンサはまったく見知らぬ男を見つめていた――まだ静めきれない怒りに目をぎらつかせ、いまいましいキスに今も口元をひくつかせている。彼女がおののき震えたのも無理はない。

「それに、失神もしなかった」彼は嘲った。その上、サマンサが現に正気を保っているのを証明するかのように彼女を突き放し、侮辱した。

「最低の男だわ」彼女は小声でつぶやいた。

彼はなげやりに肩をすくめ、そうののしられてもいっこうに気にしていないことを示した。そして背を向けると、悠然と窓の方へ向かった。「では二時間後に」出ていきながらそっけなく言い添えた。「必ず一眠りしたまえ。その必要がありそうだよ」

サマンサはさっきの彼の言葉に気を取られて、茫然と彼を見送るばかりだった。彼は怒っていた。あれは懲らしめのキスで、自分の力を見せつけたのだ。

「わたしのせいなのね、そうなんでしょう？」

震える声を聞くと、彼はぴたりと足を止めた。

「自分でも思い出したくないと思うほどひどいことを、わたしはあなたにしたの？」

「いや」彼は否定した。「専門医の助言を求めるまでは、過去の話はしないと決めたはずだ」

サマンサは短く笑い声をあげた。「ありとあらゆる方法で冷酷に過去をわたしに押しつけておいて、その当人がそんなばかげたことを言うなんて！」

「わかったよ！」彼は大声で言い、サマンサが油断しているすきにくるっと後ろを向いた。彼女がびくっとして飛びすさると、彼は唇をかんで怒りをあらわにした。「ほら、そんなにびくびくするからキスをしたんだ。きみがそんなだから腹が立って――今だって頭にきてる！　ぼくたちは相思相愛の仲だったんだよ、サマンサ！」ずかずかと彼女に歩み寄り、両手で肩をつかんだ。「お互いにいくら愛してもまだ足りないほど、貪欲《どんよく》に情熱的に愛し合っていた！　そばに寄っただけでもびくっと飛び上がるんじゃ、頭にきて当然だろう！　そばにいるのにキスもできないなんて、自らを否定するのと同じだ！　だから……」うつむいて、もう一度短いキスをした。「慣れてくれよ。ぼくの妻なんだから。きみにキスするのは大好きさ。ほかにもきみと一緒にしたいことはあるが、それで怒りを晴らしたりしないうちにさっさと出かけるよ！」

彼は言い捨てると背を向けて出ていった。残されたサマンサは次々と投げつけられた激情によるショックで、茫然と立ち尽くした。

廊下へ出るドアが静かに閉まる音がした。サマンサはまばたきをして息を吸った。そしてはじめて、彼が怒りをぶちまける間ずっと息を止めていたのに気づいた。キスのせいで唇は燃えるように熱く、今にも気を失うかと思うほど全身が激しく震えた。

けれど失神はしなかった。その代わり一歩前に踏み出し、杖につまずいた。その震動が膝に響いてたじろいだ。痛めた関節をさすりながら思いつく限りの悪態をついておおいに悔やんだ。アンドレ・ヴィスコンテなんかと出会わなきゃよかった！

「断じて」サマンサは荒々しくつけ足した。

アンドレはホテルの支配人のオフィスで電話に向かって、戦いの采配《さいはい》を振るうかのように、矢継ぎ早に命令を発していた。

すでに夕方になっていた。彼は警察の交通事故課での面談を終えて戻ったばかりで、すっかり気が転倒していた。苦悩と悲嘆に加えて罪の意識にさいなまれ、目も眩《くら》みそうな怒りに今にも我を忘れそうだ。

「やればいいんだ！」問題点を指摘しようとしたネイサンを怒鳴りつけた。「サマンサが見込みがあると言ったからには、敬意を表して、彼女の言うことを受け入れたらどうだ！」

ネイサンは自分が問題にしているのはサマンサの言葉ではないことを懸命に説明しかけたが、大きな決断をする経営者として抜け目のないアンドレは、もう話を終えたつもりでいた。

「きみはトレマウントには将来性があると思うかい？」アンドレは冷静にきいた。

「はい」ネイサンは答えた。「しかし――」

「なら、何をつべこべ言ってるんだ？　契約をまとめて、費用がいくらかかるか報告したまえ」

「彼女のためにですか？」ネイサンはためらいがちにきいた。

「そうとも！」アンドレはいきり立った。「サマンサのためだ！　それからもう一つ、友達のクリシーの面倒もしっかり見てやってくれ」

「カーラですよ」ネイサンは訂正した。

「そう、カーラだ！　彼女の給料はうちで支払うように。サマンサが気にしているからね」なんであれサマンサの心配事はすべて取り除かなくては！

サマンサ……。

「くそっ」アンドレはつぶやいて受話器をがしゃんと置くと、机につっ伏して震える両手に顔を埋《うず》めた。

今彼の頭の中には路上での惨劇が浮かんでいた。焼け焦げねじ曲がった金属が、どんな言葉よりもまざまざと彼女の身に起きた事件を物語っていた。

さらに別のものも見えた。どこか見知らぬ病院で目を覚ましたサマンサがショックと苦痛にさいなまれながら、見知らぬ世界で戸惑っている様子だ。

こんなことが起きていた間自分はどこにいた？　地球の反対側で残酷にも雁《がん》の猟をしていたのだ！

今彼女は二階にいる。さっきの質問の続きをきこうと待っているに違いない。

ぼくは自分の言い分を認めるように強要し夫の権利を主張した。彼女がおびえて逃げ出しても責めることはできない。ああ、もしかして彼女はもうすでに？

顔から手を離して時計を見た。二時間で戻ると言ったのに三時間近くもたっていた。

ぎょっとして飛び上がり、あわててドアに向かった。ほんの二、三時間でサマンサが跡形もなく消えてしまうことは、この前の経験でわかっていたはずなのに。エレベーターで階上に行き、部屋の前でためらった。二、三秒かけて乱れた気持ちを整えると、カード式のキーをさし入れ静かにドアを開いた……。

6

室内はしいんと静かな空気に包まれていた。アンドレはぞっとしたが、やがてサマンサに目を留めた。彼女は淡いクリーム色のソファで眠っていた――ずっと長いことここで暮らしているように。

彼はそろそろと近づいた。グリーンの厚い絨毯《じゅうたん》のおかげで足音はしない。届けさせた昼食は手をつけないまま窓際のテーブルにのっていた。彼は眉をひそめ、昼食のトレーの横にある二種類の薬を見て、さらに顔をしかめた。

薬のラベルを読んだ。一つはさっき彼女がのんでいた痛み止めだ。だがもう一つは名の知れた睡眠薬だと知って彼は狼狽《ろうばい》し、胸がつぶれそうだった。

この薬をのんだのだろうか？　しかも全部を？　ついにこんなところまで彼女を追いつめてしまったとは……。

アンドレは辺りを見回した。一瞬恐怖が肌を這《は》い、サマンサを凝視した。しかしすぐに、自分をなだめた。サマンサはそんな愚かな女ではない。

それでも、思わず錠剤の包装を確かめた。一錠も減っていない。ほっとして床にしゃがみ込みたくなった。寝顔をのぞき込むと、まだ青ざめてはいるが、緊張はいくらか薄れている様子だった。

彼がすぐ近くにいるのを察知したのか、サマンサはぱっちり目を開けた。

「やあ」彼はそっと声をかけたが、敵意のある反応が返ってくるのを恐れて身がまえているのに自分でも気づいた。サマンサは敵意は示さなかった。じっと横たわり、探るようなまなざしで彼を見つめた。

さっきの振るまいをぼくが後悔していると思って

いるのだろうか？　それなら願いをかなえてやろう。

「さっきは考えが足りなくてすまなかった」彼は静かに謝った。「信じないかもしれないが、こんなことになってぼくも辛《つら》いんだ」

「わかってるわ」サマンサはうなずくと、彼を見つめていたのに気づいた様子で、半身を起こして視線をはずし、足をそっと床に下ろした。

離れてほしいということだ――彼はサマンサが再び警戒しないように、それを見て立ち上がった。周囲を見回し、当たりさわりのない話題を探した。

「昼食は食べなかったんだね」

「食欲がなかったの」痛めた膝を指でさすった。

「膝はどんな具合だい？」

「よくなったわ」楽々と曲げてみせた。「消炎剤をのんで、効くのを待つ間眠ってたの。今何時？」

アンドレは時計に目をやった。「五時半だ」

「シャワーを浴びてこようかしら」

「それがいい。ぼくもそうするよ」お互いにそばを離れる口実ができて、二人の間にほっとした空気が流れた。「ぼくの部屋は左側だ。どちらの部屋も同じようなものだが、取り替えたければ――」

「右側のほうがよさそうだわ」サマンサはさえぎった。足を引きずって歩き出したが、しくしく痛んだりはしなかった。たった二錠なのに薬の効力はすごいわ。サマンサは苦笑した。

「食事は」不意に彼が言った。「何か食べなくては。早めに夕食にしよう。七時では？」

彼から逃れたい一心でサマンサは同意した。

「では、七時に。レストランに席を予約しておくよ。それとも部屋で食べるほうがいいかな？」

「いいえ」サマンサはすばやく答えた。「レストランがいいわ」一晩じゅうこのスイートに彼と二人で閉じ込められるのはまっぴらだ。「わたし……」

「何か？」サマンサがまだ何か言いかけて慎重に言

葉を切ったので、彼は先を促した。

サマンサはとっさに思い直して首を振った。あの服があるから、ポリエステルの服で人前に出て彼に恥をかかせなくても済むわ。「じゃ、あとでね」つぶやいて寝室へ逃げ込んだ。サマンサはすでにそこを自分の部屋に決め、スーツケースを空けて数少ない手持ちの服をクローゼットにつるしていた。

アンドレはドアが閉まるのを見届けると、ようやくこらえていたため息をもらした。やっと手にしたこの休戦は、真っ向から火花を散らしてやり合うよりも厄介だ。

果たして休戦は続くだろうか？

いや、残念ながら長くはもつまい。彼女は以前とは違うにしても、やはりサマンサであることに変わりはない。生まれつき、ぼくに劣らず激しやすい性分なのだ。だからこそ二人はあれほどいがみ合い、同時に深く愛し合ったあげく、最後にはお互いを破滅させるにいたった。

だが、今度はそうはさせないぞ――彼は心に誓うと部屋を横切り、自分の寝室のドアへ向かった。サマンサはまだ自覚していないようだが、二度目のチャンスを与えられたからには、今度こそ二人ともそのチャンスを賢く使うはずだ。

少なくともぼくは賢く使うつもりだ。アンドレはそう修正した。サマンサは以前のことを覚えていないのだから、賢く振るまえる道理がない。

七時きっかりにサマンサはもう一度鏡を一瞥《いちべつ》して大きく息を吸い、少しは自信を持ってドアへ向かった。これならわたしの身なりを見ても、彼は安心するだろう。

サマンサはきちんとしたドレスを一着だけ持っていた。つやを消した黒のクレープ素材の高価なカクテルドレスだ。医師の夫人が彼女に同情し、親切に譲ってくれた——夫人はそのドレスを買ったときより二回りも太ってしまったのだそうだ。

自分で買えるようになるとすぐにほかの服は処分したが、これだけは惜しくて取っておいた。まさか着るチャンスがあるとは思わなかった。

今着てみると、見かけがすてきなばかりか、美しい布地が細身の体に沿う感触が心地よい。バスルームに備えつけの高価なシャンプーで髪を洗ったが、高価なものはそれだけのことはあるようだ。サマンサは、ドライヤーで乾かすにつれて髪の色が目に見えて鮮やかになる楽しさを味わった。

そこで髪は肩にふんわり流すことにした。それから目のまわりのくまには特に注意して化粧を施した。唯一がっかりしたのは、ローヒールの黒のパンプスをはくしかなかったことだが、そのほかの点では、彼と一緒に人前へ出ても大丈夫だ。サマンサはあごを上げてドアを開けた。

アンドレはすでに身支度を終えていた。机のわきに立ち、机に片手をついて書類の上にかがみ込んでいる。心臓がどきどきするほどすてきに見えた。

着ているのは白のTシャツにグレーの麻のパンツ——それだけ。

わたしはドレスアップしたのに、彼のほうはカジュアルな装いをしている。懸命に平静を保とうとしてきたのに、それがくずれかけた。

そのとき彼は目を上げてサマンサがいるのを認めたが、身じろぎもしなかった。彼女は落ちつかない気分になった——この男は途方もなく魅力的で、危険なくらいだ。つやのある黒い髪、オリーブ色の肌。ビターチョコのような瞳は、サマンサの頭のてっぺんから足元の靴までじれったいほどゆっくり移動するにつれて表情を変えたように見えた。顔立ちは非の打ちどころがなく、口元はきわめて男らしい。その上ぴっちりした白のTシャツの下のたくましい体つきがこれ見よがしに性を誇示している——男であることを。

彼はゆっくりと上体を起こし、机から手を放してまっすぐ背を伸ばした。彼のまなざしが彼女の視線を捉《とら》えて和んだ。彼女ははっとした。

彼は知っている。お互いの思いが行き違って二人がちぐはぐな身なりをしたのを知って、わたしが困惑してるのを。だが彼はこう言っただけだった。

「時間に正確だな。その上きれいだよ」それからマニラ紙のファイルを閉じると、それを手にして気軽に言った。「これを置いてくるから五秒だけ待ってくれないか。そしたら食事に行こう」

アンドレは五秒で戻ってきた。グレーの麻のジャケットを着て。それだけで、カジュアルな服装から驚くほどシックな身なりに一変していた。

こんなことはイタリア人の血が流れている男にしかできない。あんなに落ちついてやってのけるなんて、よほど繊細な男でなければ……。

サマンサは感動した。同時にアンドレに感謝し、魅了された。彼は深みのある声とセクシーなアメリカ風のアクセントで催眠術をかけたように彼女の心を引きつけた。ときとしてふとひらめく微笑は、その危険なほど魅力的な顔立ちにさらに危うい魅力を加えた。

アンドレとサマンサはレストランの片隅の二人用のテーブルにつき、料理やワインや観光業など、当たりさわりのない話を静かにした。何を話しても彼は熱心に耳を傾け、サマンサは指の先から頭のてっぺんまで満足感に浸された。彼の視線は彼女から片時も離れなかった。きっぱりと結ばれた形のよい口は官能的な鋭さを帯び、サマンサにさっきのキスをしきりに思い出させた。

サマンサがよく覚えていたキス。いつも喜んで味わっていたし、無意識に応《こた》えていた。話している彼

の口の動きを見守っている今も、唇を合わせたとき
の熱い感触がよみがえった。
引きつけられている。サマンサはみだらな感覚が
そっと脈打つのに気づいた。快い感覚だった。彼が
好きになり始めた。くつろいだ気分になってガード
がゆるみ、いつの間にか笑い声をあげていた。
そのとき彼が血のように赤いワインのグラスを取
り上げ、くつろいだ雰囲気は壊れた。一、二秒黙っ
て思案していたが、やがてグラスをゆったり回しな
がら淡々と言った。「告白することがある」
サマンサはぱっと目を上げた。くつろぐにつれて
和らいでいた緑の瞳にたちまち鋭い警戒の色が浮か
んだ。せっかく楽しく運んでいた宵がだいなしにな
りそうだと悟って、彼は口元を歪《ゆが》めた。
「今日の午後、仕事で出かけると言ったが、実はホ
テルの用事ではなく、きみの主治医に会ってきた」
サマンサがコーヒーカップをソーサーに戻す音が
かたんと響いた。「なんの用があって、わたし抜き
でそんなところへ行ったの？」
「きわめて微妙な問題を医者に話しておきたかった
が、きみはその場にいないほうがいいと思って」
「わたしのことね」深く傷ついたのを隠そうとして、
サマンサはふっくらとした口元を引き結んだ。
「ぼくたち二人のことだ」
怒りで、サマンサの目が光った。「お医者様はわ
たしの問題を、ほかの人と話し合うべきじゃない
わ！」不意に追われている気がして恐怖を覚え、無
性に腹が立った。
「医者は何も話さなかったよ。ぼくの話を聞いただ
けだ。そして二人が抱えている問題に対処する最善
の方法をアドバイスしてくれた」
問題――サマンサは心の内でくり返した。わたし
が自分の身元を知れば、彼は何か得をするのだろう
か？「で、どんなアドバイスだったの？」

「要するに、あせらず気楽にかまえろってことだ」サマンサをじっと見つめたまま一瞬も視線を顔から離さない。「医者もやはり、きみの記憶は自分で考えているほど深く埋もれてはいないという意見だった。ぼくに対するきみの反応がそれを十分実証している。しかし、容赦なく立て続けに質問して、答えを迫ってはいけないと忠告された。無理に探り出そうとしないで、毎日の暮らしの中でゆっくり自然に記憶がよみがえるのを待つようにと。というのも、医者はきみが失神するのを気にしていた。だから、これ以上面倒を起こさないためには慎重にことを運ぶ必要があるそうだ。彼はぼくたちがロンドンへ戻る前にきみに会いたがっていたよ」

「ロンドン？」サマンサは口をはさんだ。「わたしがロンドンへ行くって、誰が言ったの？」

「ぼくだよ。ぼくたちはロンドンに住んでいる。とにかく、そこに二人の家がある」面倒臭そうに言い直した。「ロンドンには支社があるから、家をかまえてるのさ。医者が言うには、ロンドンへ戻って日常の暮らしを始めれば、きみの記憶も――」

「日常の暮らしって、どんな？」サマンサは厳しい口調できき返した。「見覚えのない男とロンドンへ行って、記憶にない家で、覚えてもいない暮らしに戻れと言われても、わたしにしてみれば、それが正常な暮らしかどうかはわからないわ」

「覚えていないってことは、そもそも正常ではないってことだろう？」

サマンサの表情は凍りついた。彼は真実を語っているにすぎない。そう悟ると、サマンサは無力感に襲われた。頭が正常に働かない以上、自分の人生を管理する資格がないと感じさせる彼が憎かった。

「あなたたちが二人して、どうするのがいちばんいいか決めてしまったのなら、お医者様はなぜ今さらわたしに会いたがるの？」憤慨のあまり声が震えた。

彼はそれにはかまわず説明した。「ぼくにはきみを傷つける意図のないことをきみに再認識させる必要があると、医者は考えている」

「じゃあ、わたしのことを心から心配しているのを再確認するのも含まれるのかしら？」緑の瞳をきらめかせ軽蔑《けいべつ》のまなざしを向けた。「悪いけど、わたしはそういうふうには考えていませんから！」

「何をそんなに怒っているんだ？」アンドレは不思議そうにきいた。

ここを出ていかないと、残りの赤ワインを彼の顔に浴びせてしまいそうだ。「わたしのいないところで、本人の承諾もなしにわたしの症状についてあれこれ話し合うなんて」切りつけるように言った。

「これがずるくなくて何がずるいっていうの！　何より悪いのは、お医者様が、あなたにそんなことをするのを許したってことだわ！」サマンサは悔しくてかんかんになり、息をつくのもやっとだった。

「ぼくは助言を求めたが、医者は助言をするには事実を残らず把握する必要があったのさ」傲慢《ごうまん》な態度であっさりと受け流した。まるでその答えで自分の行為が正当化されるとでも言いたげに。

「あなたが知っている事実について、お医者様に嘘《うそ》をついたかもしれないじゃない！」

「ぼくは事実を話したよ」静かに言った。

「それじゃ、わたし以外の人はみんなわたしについて事実を知ってるってわけね。すばらしいわ」嘲《あざけ》って立ち上がった。

「また逃げ出すのかい？」彼は辛辣《しんらつ》に皮肉った。

サマンサは返事もしないで出ていった。

レストランに居合わせた客は二人が口論を始めた瞬間から好奇の目を向けていたが、アンドレは彼らの視線を無視して、吐き捨てるようにため息をついた。人前なら大丈夫だと思ったのにこの結果だ。グラスを唇に当て赤ワインの残りを飲み干すと、席を立ってサマンサのあとを追った。

思ったとおり、サマンサはスイートのドアの外に立っていた。彼が追いつく前に部屋に閉じこもって怒りを発散させようと思ったのに、カードキーがないのに苛立《いらだ》ち、頭にきている様子だ。

一人で入れたらよかったのに、と彼は思った。ぼくの助けがなければスイートにも入れないのを知って、サマンサは自分の人生がどれほど他人任せになっているか、改めて思い知らされたに違いない。

サマンサは震えていた。そばに立ったアンドレはすぐにそれに気づいたが、黙ってカードをさし込んだ。彼女は背中をこわばらせ、あごを上げて鋭く前方をにらんでいたが、薄い木の葉が吹き散らそうとする風に耐えるかのように震えていた。

「サマンサ――」

「話しかけないで」彼女はさえぎり、鍵《かぎ》がはずれると同時にドアを通り抜けた。彼も続いて入ってドアを閉め、サマンサがつかつかと部屋を横切り、自分の部屋に閉じこもるのを見守った。

案外これでよかったのだろう。アンドレは骨の髄まで疲労を覚えながら心の中でつぶやいた。二人のどちらにとっても長くきつい一日だった。おまけにまだ時差ぼけが残っていた。一晩の冷却期間を置くのはどちらにとってもいいはずだ。もしかしたら、翌朝にはサマンサも、ぼくのしたことをもっともだと思うかもしれない。

それほど希望を抱いているわけではない――彼は苦笑して認めた。だがサマンサのことなら本人よりもよく知っている。かっとなりやすい上に頑固ときている。だからいつも一戦交えるはめになるのだ。

今度の戦いには絶対勝つつもりだ。もう撤退の余地はない。後退は不可能だ。サマンサがその事実を受け入れるのが早ければ早いほど、二人のどちらにとっても好ましい結果になる。

7

翌朝朝食に現れたサマンサを見て、アンドレは昨夜の予想がおおよそ当たったと思った。くすんだ藤《ふじ》色のぴったりとしたキャミソール型のトップに、いちだんと濃い藤色のミニのタイトスカート。その両方が彼の欲望を刺激した――彼女の冷ややかな態度はどんな興奮も凍りつかせるほどだったのに。

髪は以前のとおりきっちり結い上げ、再び足を引きずっていた。彼はそれを見ても意外には思わなかったが、ひどく不機嫌になった。

「お医者様に会うことにしたわ」サマンサは彼と同じテーブルにつくとそう言った。

彼が欲しかったのはその返事だけだった。そこでアンドレはそれ以上何も言わずに気楽な口調でつぶやいた。「熱いコーヒーか冷たいジュースか、どっちでも」それからテーブルの上の新聞に目を戻した。

サマンサのほうも彼の無関心な態度になんの反応も示さなかったが、彼がその返事を期待して待っていたのを確信した。今朝の彼は純白のシャツを着て、グレーの上着は椅子の背にかけ、上着と同じグレーのシルクのネクタイをしめている。すてきだと思いながらもやっぱり彼が憎らしく、自分の人生を操ろうとする彼のやり方に激しい憤りを覚えた。

二時間後に専門医の相談室から出てきたときも、サマンサの憤懣《ふんまん》は少しも収まっていなかった。アンドレは美人の看護師のいる受付の辺りをぶらついていた。看護師は満面に笑みをたたえ、ものほしげなまなざしで彼を見つめている。

色目を使っているわ、サマンサは決めつけた。アンドレも結構楽しんでいるみたい！　サマンサの怒りは醜い嫉妬《しっと》に変わり、苦々しく燃え上がって胸を焦がした。

「よかったら帰るけど」サマンサは鋭く言った。瞳に緑の火花が散るのが二人ともわかった。

看護師は顔を赤らめたがアンドレは平然としていた。その実彼は目を細めて、ぎらりと瞳を光らせていた。サマンサは二人を無視して、足を引きずりながらもできるだけ傲然《ごうぜん》と出口へ向かった。彼が追いつくのを感じて、くるっと振り向きたい衝動をこらえた——あの浮気者の目をかき出してやりたい！

「気をつけて！」

耳元で柔らかな声が注意した。ずっと前にも確かにこういうことがあった。サマンサは確信し、不意に彫像のように凍りついた。

アンドレは彼女の変化を敏感に感じて、前に回って顔をのぞき込むと、低い声で悪態をついて両方の肩をしっかり支えた。「またあのときみたいに真っ青な顔をしてるよ」かすれた声で告げた。

「ミスター・ヴィスコンテ？」受付の看護師がはらして心配そうに声をかけた。「奥様の具合がお悪いのですか？　わたしに何か——？」

「今すぐここから連れ出して」サマンサは苦々しく息をついた。「新鮮な空気を吸いたいの」

彼は黙って肩に腕をかけて支えると、礼儀正しく別れの挨拶《あいさつ》をつぶやいて出口へ向かった。外へ出るとすぐに、サマンサは彼から離れた。暑くて息がつまりそうで、立ち止まって空気をたっぷり吸い込み、気が遠くなるのを食い止めようとした。その間彼はじっと見守り、落ちつくのを待った。

「さあて」ようやく彼は言った。「今度は何が原因だったのか、教えてくれるかい？」

いいえ、教えないわ。サマンサは胸の内で答えた。

「あんまり暑かったから。それだけよ」

「嘘《うそ》つきめ」彼はもの憂げに言った。「きみがまた気を失いそうになったのはぼくにもわかったよ」

サマンサの顔色はもとに戻り、それにつれて敵対心も戻った。「わたしは少しでもどうかすると、そのたびにいちいち尋問されるの？」

「いや」彼は肩をすくめ、苛立《いらだ》ちを隠して平静を装った。サマンサはなおさら頭にきた。「そんな暴言を吐くほど元気なら、歩く元気もあるだろう」

「最低の男！」サマンサは低い石段をよたよた下りて道路へ出た。

彼も並んで石段を下りた。手こそ触れなかったが、万一卒倒するようなことがあればつかまえられるように、ぴたりと寄り添っていた。

二人は車にたどり着いた。彼はサマンサが乗るのを見届けてから、運転席側へ回って隣に乗り込んだ。エンジンをかけたが走り出さなかった。サマンサは彼と並んで座り、前方に視線を据え歯を食いしばって、来るべきものを待ちかまえた。


ここぞとばかりに、最初の質問が飛んできた。

「医者はなんと言った？」

「あなたの推測どおりよ。〝いい子にして言われたままにしていれば、いつかは全快する〟って」

皮肉たっぷりの口調になった。そうならざるを得なかったのだ。なぜか、今のサマンサは命がけで何かと闘っている気分だった。

彼はまたサマンサの内心を察知し、重い吐息をついた。「どうしてきみはいつもぼくに盾突くんだい？　医者はぼくの身分を保証する言葉を何も言わなかったのか？」

「ちゃんと請け合ってくれたわ。あなたは実際自分で言っているとおりの人物で、わたしの身元もあなたの言葉どおりですって。いろいろ質問されたけど、どう考えても、みんなの要望に応《こた》えてわたしの悪いところを確認するための質問としか思えなかったわ。だって、誰も彼もわたしが自分の身元を知らないままにしておきたいみたい！　それから、わたしを心から気にかけているのはあなただけだから、あなたに逆らわないで協力するようにって」

「でも、きみはその言葉を信じていないね？」彼はサマンサの辛辣《しんらつ》な口調から推測して言った。

「わたしに何か意見を言う資格があって？」サマンサは耳ざわりな声で笑った。「頭を患っていては、直感を信じるわけにもいかないでしょう！」

「きみの直感はぼくについてどう言ってる？」

「あなたと、わたしのお医者様しか知らない何かの理由で、あなたが自分の思惑どおりにわたしを操ろうとしてるって告げてるわ！」

「どうやって？」彼は怒らないで穏やかにききただしたが、それでもサマンサの怒りを誘った。というのは、彼女にはアンドレの質問はどれも、医者の質問と同じく精神分析が目的と思われたからだ。

「いいこと」サマンサはたまりかねて向き直ると、槍《やり》のような一瞥《いちべつ》を与えた。「一つだけ取り決めておくわ。わたしが質問に答えるたびに、あなたにも答えてもらうわ」

彼は挑戦するように光るサマンサの瞳をまじまじと見た。彼がハンサムでなければいいのに、とサマンサは願った。そうすれば彼と距離を置くのはずっとたやすい。サマンサは手を伸ばして彼に触れたくて涙が込み上げた。彼に触れ、彼を味わいたい。何が正しいか自分の判断さえ当てにならない今、考えることも、闘うことも、彼が信頼に足る男かどうか思い悩むこともしないで彼に抱かれて我を忘れたい。

「いいよ」彼は静かに同意した。「きいたまえ」

予想に反した返事にサマンサはうろたえた。肌を貫くほどの勢いでパニックが高まり、息を吸い込んでそのまま止めた。「やめておくわ」風船がしぼむようにそっと息を吐いてささやいた。

「答えを知りたくないから？　それともまだ知る覚

悟がつかないのかい?」

「こんなばかげた話題にはほとほとうんざりしたからよ!」サマンサは叫び、肺は再び圧縮された熱い空気に満たされた。「もうたくさん! あなたにもうんざりだわ! わたしは記憶をなくしたの、わかった?」ぴしりと言い放った。「あなたなんか覚えていないわ。よくわかってるのは、あなたはものすごい色情症だから、逃げ出さないと取って食われちゃうってことだけ!」

彼は噴き出した! 憎らしいことに大っぴらに大声で笑っている。「この車に色情症が乗ってるとしたら、そいつはぼくとは別のシートに座ってるよ」

「そんなの嘘よ!」サマンサは熱くなってあえいだ。わたしが色情症だとほのめかすなんて!

彼は返事の代わりに、身を乗り出してキスをした。サマンサは焚《た》きつけられたように燃え上がった。体の中で荒れ狂っていた怒りは瞬時に別の感情に変わり、いつまでも唇を合わせていたい欲求に駆られ、思わず彼の頭の後ろに手をかけて引き寄せた。

無理に唇を開かせてもっと深いキスをせがんだのはサマンサだった。彼がサマンサのなすがままにさせると、喜び悶《もだ》えて呻《うめ》いたのも……。

そして、彼が熱い抱擁を解くと、恥ずかしくて身を震わせたのもやっぱりサマンサだった。彼の目的はまさしく十分達せられたのだ。

意外にも、アンドレは何も言わずに居ずまいを正すと、二人の間にいまだに火花を散らしている緊張感とは裏腹になめらかに車を出した。

色情症——サマンサは心の内でくり返してぞっとした。色情症という恥ずべき事実を、わたしの理性は抑えつけて隠していたのかしら? 彼から視線を離してまっすぐ前を見据え、自己嫌悪に押しつぶされまいとした。

彼はホテルの正面に車を停《と》めると、助手席の側に回りサマンサが降りるのを見守った。彼女が歩き出す前にためらって膝の具合を試すのを見て、彼の口元は険しくなった。だが何も言わず、助けようともしなかった。サマンサは自分でも驚いたことに、彼の腕に手をかけて歩き出していた。

硬い筋肉がしなやかになっている——サマンサはそれが彼のせいなのを努めて考えまいとした。彼のほうも素知らぬ顔をしていた。二人は黙って歩いた。夫婦のように腕を組んで。

彼はホテルの入り口で足を止め、小さな声で悪態をついた。「いいかい、きみにとってはまずいことになりそうだ——ぼくにとっても。フロントにぼくたちを知ってる男がいる」

「誰が……どこに？」サマンサはざわついているロビーを見回したとたん、緊張に全身を貫かれて背筋をぴんと伸ばした。

「名前はステファン・リース、今カウンターの向こうの端でフロント係と話をしている男だ」

淡いブロンドの長身の男が目に留まった。くつろいだ笑顔で楽しそうにしゃべっている。サマンサはアンドレの体に隠れるように寄り添い、彼は半身になって彼女が見えないようにかばった。

「さあ、びくびくしないで。商売敵というだけのことだ」サマンサも知っているホテル・チェーンの名前を告げた。「きっと偵察に来たんだ。どこもみんなやっていることだよ。競争相手のほうがサービスがよいかどうかを調べるのさ。向こうはすでにぼくたちに気づいてるから避けるわけにはいくまい」険しい声音が会いたくないことを示していた。「だが、きみの気持ちしだいだ。如才なく挨拶を交わして、向こうがきみの変わった様子に気づかないうちにさっさと退散するか、それとも正直に何もかも説明してややこしいはめに陥るか……」

彼にとってどっちが好ましいのかは歴然としてい

たし、サマンサも同じ意見だった。

「彼はわたしの脚が不自由なのに気がつくと思うわ」サマンサは言った。「それに傷跡にも……」本能的に手を上げて顔の横を隠した。

アンドレは彼女の手をつかんで無理やり下ろさせた。「やめたまえ。傷はほとんど目立たないよ。きみの記憶にあるだけだ」

「わたしには記憶もないのよ」サマンサは取り乱した。「話しかけられたらたちまち気がつくわ」

「きみがなくしたのは記憶だけで知能までなくしたわけではない。話はぼくに任せて、きみは適当にほほ笑んでいればいい。それくらいできるだろう?」

できるかしら?

「アンドレ――サマンサ!」男は低い声で二人に挨拶した。「ここで会うとは驚いたな!」

「驚くのはきみじゃなくてこっちだろ?」アンドレはさし出された手を取ってそっけなく指摘した。

「敵の陣地で現行犯でつかまったわけか」ステファン・リースは白状した。「なんと言えばいいか、この前会ったときは立場が逆だったのを思い出してもらうしかないな」にやりと笑った。「あれは確かシドニーで、一年ほど前だな。きみはうちのホテルを調べに来た。ただし、この麗しい女性は連れてきてくれなかったが。やあ、サマンサ」彼は手をさし出した。「いつもながらとてもきれいだ」

「ありがとう」彼は傷跡に気づいたとしても巧みに隠している。サマンサは感謝して笑顔で応えた。笑っていたステファンの瞳が情熱を帯びて黒ずみ、握手した手を放すのが一瞬遅れた。サマンサは隣にいる男がいらいらして身じろぎするのを感じた。

「商売は繁盛しているかい?」

「うまくいってるよ。もっともきみのところほどではないよ」ステファン・リースは残念そうに言った。

「それで思い出したが」明るい表情でサマンサに言

った。「この間ブレシンガムの前を通りかかったよ。てっきりオープンしてると思ったら……」

サマンサはその先を聞いていなかった。ブレシンガムの名前が琴線に触れ、耐えきれないほどの悲しみに圧倒された。心臓が重い鼓動を打ち、誰にしがみついているのかも自覚しないまま、アンドレの腰のたくましい筋肉に指の爪を食い込ませた。

「今着いたところかい、ステファン？」アンドレの苛立った声がサマンサを捉《とら》えていた得体の知れない感覚を切り裂いて鋭く響いた。

きかれた相手は目をぱちくりして、凍りついた顔ともう一つの顔をすばやく見比べ、自分が大きな失敗をしでかしたのを悟った――どんな失敗かはさっぱりわからなかったが。「今チェックインしたら、きみたちがいるのが見えたものだから……」

「なら、最高のスイートを提供させよう。むろん費用はうちで持つよ」アンドレが指を鳴らすと、ホテルの案内係が走ってきた。きびきびと二言三言指示してステファン・リースのために最高ランクのスイートを確保した。サマンサの肩に置いた腕が碇《いかり》のようにずしりと重くなった。「今晩一緒に食事ができればいいのだが、午後にはロンドンへ発《た》つ予定で……」

そんなにすぐ？　その知らせはサマンサにとっては受け入れがたい新たなショックだった。

「まったく残念だ」ステファン・リースが答えた。「めったに会うチャンスがないのに……」

わたしの心は外界から遮断されている、とサマンサは思った。一つの文章に終わりまで注意を集中する力がないようだ。〝ブレシンガム〟という地名がくり返し頭の中で聞こえていた。聞くのが辛《つら》かったが、なぜ辛いのかはわからなかった。

肩に置かれた腕が歩くようにと促した。サマンサは靄《もや》の中を漂うように歩き出した。靄の向こうで二人の男がしゃべっているのが聞こえる。だがサマンサは彼らと同じ場所にはいなかった。一緒に歩いていたし、話し声は聞こえるのに、何キロも離れているように感じる。異様な体験だった。

「いとしい人《カラ》、ステファンがさよならを言ってるよ」そっと促す声がした。

「あら」まばたきをしたが焦点が合わなかった。

「さようなら、ステファン。会えてよかったわ」言葉が自動的に口をついて出た。彼の返事は再び垂れこめた靄に包まれてサマンサの耳には届かなかった。

次に気がつくと、階上に向かうエレベーターの中だった。アンドレが彼女にのしかかるようにして、エレベーターの壁に寄りかからせて支えていた。

「そんなことしなくても大丈夫よ」彼女は抵抗した。

「もう一人で立っていられるわ、ありがとう」

彼は身を引いたが、しぶしぶなのが見て取れた。少しだけ離れて、並んで壁に体をもたせかけている。彼が心配しているのは確かだが、今度はどうして気が遠くなったのかたずねようとはしなかった。

彼はかすれた声でつぶやいた。「この一年、きみがぼくと離れてうまくやれたとは思えない。ぼくに言わせれば、きみは一人でやろうとしてとんでもない窮地に陥った」その主張を裏づけるように、手を上げてこめかみの傷跡にそっと触れようとした。

サマンサはびくっとして反射的に彼の手を払い、勢い余って顔をエレベーターの壁にぶつけた。

「まったくどうしようもないばかだ！」彼は大声を出した。「ぼくに何をされると思ったんだ！」

「二度とわたしに触らないで！」サマンサは息をつまらせてわめいた。緑の瞳に激しい怒りが燃え上がった。「あなたなんか大嫌い！　なぜ嫌いなのかわからないけど、ほんとに、ほんとに大嫌い！」

「おおげさだ」アンドレはため息をついた。

「そ、そうね」彼女も認めた。「でも……」私はずっとおおげさに反応している。知っているはずなのに覚えていない男と会うはめになっておおげさにおびえたあげく、覚えのない地名を聞いておおげさに反応し、その上その理由は突き止められないときている！「ブレシンガム」サマンサはかすれた声でつぶやいた。「ブレシンガムってなんなの？」

「なぜだ？」彼の声はどことなく非協力的に聞こえた。

「どこかで聞いたようだけど、思い出せないの」

そのときエレベーターが停まって扉が開き、彼は扉を押さえて降りる階に着いたことを示した。

サマンサは仕方なく足を引きずって歩き出した。彼は前を通りすぎるサマンサに短く言って彼女の足を止めさせた。「きみはぼくを嫌っていないよ、サマンサ。嫌いならいいのにと願っているだけさ」

サマンサは思わず、手を伸ばして彼の顔をひっぱたいた。

たっぷり一分はたったと思われる間、二人は突っ立ったままにらみ合っていた。サマンサは自分でも理解できない苦痛と屈辱と怒りを覚え、彼のほうは激しい憤怒《ふんぬ》に駆られて。

警戒しすぎるほど警戒しながら、サマンサは背を向けて歩き出した。ところがまたもや彼がスイートのドアを開けてくれるのを待つはめになった。彼が開けたときにはサマンサは震えていた。

今度もドアを入るやいなや寝室へ向かった。彼は必死で自分を抑え、サマンサが逃げていくのを見送った。彼女の指の感触がまだ頬に残ってひりひりする。

今回ばかりはこのままほうってはおけない。二度とドアの外に締め出されるのは断る。怒りとでも、プライドとでも、愚かさとでも、なんとでも呼んでくれ。時間をかけてゆっくり考える気はない。彼は断固とした態度でサマンサのあとを追った。

8

サマンサは部屋の真ん中に突っ立って、さっきの自分の行為をなんとか正当化しようとした。そのとき突然ドアがぱっと開いた。

心臓がどきどき打ち始めた。彼は怒っている――怒って当然だわ。アンドレの横顔には彼女をとがめるかのように、今も指の跡が残っていた。サマンサは後悔に駆られて口を開いた。

「ごめんなさい。そんなつもりはなかったの」

彼は謝罪を聞きもしないで、足でドアを閉めた。室内ににわかに険悪な空気が立ちこめた。いちだんと黒くなった瞳、決然とした口元。サマンサの背筋を悪寒が走った。わたしは悪魔を解き放ってしまったのだ。不安に駆られ、これでは失神して当然だと思ったが、気が遠くなる気配は少しもなかった。その代わり、何やら悩ましい気分で……。

「や、やめて」言葉につまりながら、ずかずか近づいてくるアンドレをさえぎろうとして震える手を上げた。「近寄らないで。話を聞いて……」

彼はかまわず歩き続けた――怒った捕食者が忍び寄るように。恐怖と予想もしなかった興奮とがサマンサの中でせめぎ合った。アンドレは彼女の震える指先からほんの少しのところで足を止めた。サマンサは猶予の時間を与えられたものと見て、急いでしゃべり始めた。

「この二十四時間は、わたしには、その……辛《つら》い一日だったわ」ぎくしゃくした口調で釈明した。「神経がたかぶって、頭がまともに働かなくて、つい手を上げてしまったの。わたしにはそんなことする気はなかったのに――」

「それじゃ、ほかの誰がひっぱたいたというんだい？」アンドレはそう言い返すと、突き出された手をつかんで引き寄せた。

やわらかな胸が男の硬い胸板にぶつかった。そこに電流が流れ、神経の先端でぱちぱち音が聞こえるほど激しく火花を散らした。離れようとしたが間に合わなかった。彼はもう一方の手をぐっと腰に回して引き寄せた。抵抗して声をもらす暇もなく、彼が頭を傾けた。

ああ……サマンサはあらがった。身をよじり、顔をそむけ、拒絶の呻《うめ》き声をあげ続け、おののいたあげく――キスに応《こた》えた。これではあんまりだ。自分でぞっとしながらも、貪《むさぼ》るように求め、身悶《みもだ》えしてそのたくましい体に寄り添った。

わたしはこうなるのを待っていたのだ。あまりにも長い間待たされた渇望に駆られ、どういう結末になるか知りながら、それを待ち望んでいた。

長い間、あまりにも辛く長い間、この男がわたしを求めるのを待って、待って、待ち続けたのだ。

サマンサの喉に新たなむせび泣きが込み上げた。

彼はそれを察して頭を上げ、じっと見下ろした。まだ怒っている――サマンサは彼の瞳にきらめく怒りを認めた。同時に情熱と、隠すことのできない欲望の炎も。「きみは癇癪《かんしゃく》を起こして怒りをぶちまけたことは何度もあったよ、ダーリン」彼は力なく言った。「だが、手を上げたことは一度もなかった」

「ごめんなさい」もう一度謝ったが、その声音はさっきとはまるで違っていた。低く、柔らかく、途方もなくセクシーで……謝りながら彼から手を離すと、その顔についた指の跡にそっと当てた。

彼の瞳が燃え上がった。彼女の瞳も欲望に黒ずみ、自ら望んだなりゆきに情熱的に身をゆだねた。手を上げて黒い髪やうなじに指を這《は》わせ、またもや彼の頭を引き寄せて唇を合わせた。

「猫をかぶっていたんだね」彼がささやくのが聞こえ、二人は再び燃えるような口づけをした。

彼の言うとおりだった。しかし、絶えず両手で愛《あい》撫《ぶ》を続け、熱狂的なキスを交わしてみだらな饗宴《きようえん》にふけりながら、サマンサはこの宴《うたげ》を味わい尽くしたい欲求には止めどがないことを悟った。

熱く貪欲《どんよく》なキスだった。愛撫を続けるアンドレの手の感触と情熱的な口づけが彼女の中から別の人格を引き出し、サマンサは我を忘れた。荒々しく奔放な人格は、みだらな興奮に駆られて彼の愛撫を求め、確実に要求に応えさせた。彼が触れた肌は濃厚な歓《よろこ》びにふけり、触れなかった肌は触れてほしくて渇望に悶えた。

彼がサマンサの口元で何かつぶやき、すべてをもっとゆっくりと運ぼうとした。サマンサは、絶対そうはさせまいとシャツのボタンを引きちぎって両手をさし入れ、粗い胸毛でざらざらする硬く熱い素肌を愛撫した。そのとたんにアンドレは再び燃え上がり、ぞくっと身を震わせて主導権を取り戻し、両手を彼女のブラウスの下に走らせた。彼が愛撫した肌に沿って歓喜の歌がわき上がり、サマンサはそっと震えるあえぎをもらした。

「きみは今どんなことをしようとしているのか、わかっていないようだな」アンドレはうなるように言った。

「しゃべらないで」サマンサは命令した——口をきくと二人を包んでいる魔法が解けてしまう。

すぐにまたアンドレの気分は高まった。湿った舌の先で唇をつついてしつこくせがみ、再び唇を開かせた。唇が開くと、口内へと短く鋭い侵攻をくり返して責め立て、体の内部に火をつけた。

彼が本気になったのを悟って、サマンサは少し動揺した。両手で愛撫され、唇でそそのかされるうちに、服はしだいに乱れた。かまわないわ。服なんかなくてもいい。彼の両手があらわな胸を、背筋を、そして薄桃色のふくよかなヒップを愛撫した。サマンサが歓びの吐息をもらすと、彼は奥深く探るようなキスで吐息に応え、サマンサをめくるめく興奮のるつぼに沈めた。

アンドレが抱き上げてベッドへ運ぼうとすると、サマンサの目が開いて緑の瞳がのぞいた――欲望に黒ずみ、今起きていることのせいで生き生きと燃えている。

「どうしたいんだい?」彼はささやき声でそっとたずねたが、その声の中にサマンサは誘惑を感じ取った。彼はサマンサを横たえると自分も並んで横たわり、興奮に震える唇に口を寄せてささやいた。「どうしてほしいか言ってごらん。そのとおりにしてあげるよ」彼はイタリア語で言った。低く抑えた声でとても親密に。サマンサがいちだんと濃くなった瞳を輝かせて黙っていると、彼はやさしくたずねた。

「こんなことはやめてほしいかい?」

彼は本気だ。わたしがやめてと言えば、文句一つ言わずにそばを離れるだろう。そんなことになったら絶対にいや。「やめないで」欲望に燃える彼の瞳の奥をのぞいてささやいた。

彼は魂を奪い取るほど長いキスをまた一つ与えてそれに報いた。それから、全身にくまなく口づけをした。あごにも、鼻にも、瞳を隠してひらひらと震えるまぶたにも。巧みに舌の先をこめかみの傷跡の辺りに滑らせ、愛されることの無上に甘い感覚でサマンサを満たした。

しかしサマンサが愛撫しようとすると、彼はやさしくそれを押しとどめた。

今は彼が欲望をそそる番で、自分なりの流儀でやるつもりのようだった。サマンサはそれと悟ってただ横たわり彼の手に身をゆだねた。なぜかって? そうしてほしかったから。じっとして彼が与える官能能の歓びを残らず味わい尽くしたかった。

彼は口づけをしながら首筋を下へたどると、どきどきと脈打つところで止まってはみだらにかみ、サマンサはそのたびに呻いた。彼の舌がぴんととがった胸の頂を包む感触が、残っていた最後の現実感を奪った。サマンサの体は生き生きと目覚めて全神経を集中することを要求し、彼の唇がそっとかすっただけで、無数の神経がちらちら揺らめいた。

覚えがある――サマンサはもうろうとした頭で思った。前にも経験したわ。何度も何度もこのような歓びにすべてを奪われたっけ。わたしはこの男を知っている。次にどうなるかも。だから彼の気を散らさないように、息をひそめてじっとしていたのだ。

今や官能の歓びは頂点に達した。彼の舌がおなかの辺りでゆっくり円を描くと、心臓も止まるほどの興奮が波紋のように広がった。巧妙な彼の指が彼女の中核にすうっと触れ、その一点にすべての意識が集中して欲望が膨れ上がったと思うと、生命を育《はぐく》む陽光に向かって花が開くようにぱっとはじけた。

「アンドレ」サマンサは息をつき、彼は我を忘れさせるような強い力が体の中にわくのを感じた。

この女はぼくのものだ。ぼくの女――吐息も、歓びのおののきも、美しい体を形作るシルクのようにつややかで官能的な細胞の一つ一つまで。彼女の考えていることも、彼女が隠している考えすら、こうして愛撫している間はすべてぼくのものだ。

だが、アンドレはそれでは満足できなかった。それ以上を望んだ。何もかも残らず欲しかった。芽ばえ始めた欲望は抑えきれないほど高まっていた。彼女から離れてベッドのかたわらに立つと、サマンサが驚いて目をぱっちり開けたが、まぶしい午後の日差しにたじろいでまた閉じるのが見えた。

カーテンを閉めると、室内に柔らかく魅惑的な光が広がった。振り向くと、サマンサはまた目を開けていた。彼は一言も言わずに服を脱ぎ始めた。彼女も黙って横たわり、彼を止めようともしなかった。

二人は今もなお愛を交わしていた──まなざしと仕草で。サマンサは一枚ずつ服が取り去られるのを一心に目で追い、細身だが男っぽい体が少しずつ現れるたびに圧倒された。

「バージンみたいに興味津々で観察してるね」彼はつぶやくと彼女の方に歩み寄り、サマンサが挑発的な微笑を浮かべるや仰向けにして、その微笑にキスの罰を加えた。

サマンサは彼の体に両手を這わせたが、今度は彼も止めなかった。愛撫は責めになり、互いに相手を身悶えさせようと残忍なまでに感覚を刺激した。サマンサが彼の腕や背筋をなでさすり、引きしまったヒップに深く爪を立てると、アンドレは彼女の胸の先端をなぶるように軽くかみ、次いで貪るようにすっぽり口に含んだ。

熱い──彼は熱かった。肌は熱く、唇は湿っていた。浅く息を吸うと彼の体臭が熱く匂《にお》い、空気を濃密でセクシャルな蒸気に変えた。息を吐き出すのさえいやだった。

彼が再び唇を奪うと、サマンサは両腕を巻きつけてキスに応え、おもねるようにすり寄って胸と腰をぴったり合わせ、柔らかに脈打つ花芯《かしん》を突き立った硬いものに触れ合わせた。二人は絡み合ったまま転がってサマンサが上になり、キスをしてリードした。ほつれた髪がもつれてくるくると渦巻き、彼の顔や肩に絹糸のように長く落ちた。

そのうち圧迫された膝に痛みを覚え、サマンサは小さく呻いて体の向きを変え、彼の隣に横たわって抱き合おうとした。しかし察しのよいアンドレは、呻き声を聞いてその原因を悟った。サマンサが気づかないうちに彼女の上になり、かつてはなめらかで傷一つなかった生え際のピンクの十字の傷跡に口づけけをした。

「やめて」サマンサはうろたえて涙声で訴え、彼の頭を引き離そうとした。

彼はおとなしく口を離したが、不安の交ざった顔つきで上から見下ろした。「今度、命を危険にさらすようなまねをしたら、ぼくがこの手で殺してやる！」しゃがれた声でがなり立てた。

サマンサは答える代わりに、髪の毛をしっかり握って引き寄せ、口づけをして彼の体を逆なでしている恐怖を追い出そうとした。彼が恐怖に駆られている……サマンサは直感的に悟ったが、そう気づくと同時に、不思議にも温かい感情に満たされた。

彼はそれを察したのか、絶体絶命の窮地に陥ったように体を合わせた。傷つくかと思うほど荒々しく強引だったが、痛みはなかった。かつて味わったことのないすばらしい感覚だった。彼は奥深く侵入し、サマンサは長い間会いたくてたまらなかった恋人のように喜んで受け入れた。

「アンドレ」もう一度ささやいた。

その声に、彼が抑制心と狂気のような欲望の狭間《はざま》で危うく保っていたバランスはくずれ、これほどの感覚を味わうのはこれが最後とばかりにサマンサを駆り立てた。熱く鋭い槍《やり》を受けるたびに彼女の歓びのあえぎは甲高くなりゴールへ近づいた。

ゴールに達するとサマンサは静かになり、彼は震える手でサマンサの顔から巻き毛をかき上げて瞳をのぞき込んだ。この女は驚くべき包容力で、ぼくが与えた歓喜の波をことごとく吸収した。だが彼女はぼくと同じ世界ではなく、まったく別の空間に漂っている。その静けさは彼にそう悟らせた。

アンドレもサマンサのあとを追った。再びやさしくゆっくりと攻め、目を細め表情が鋭くなって、彼自身の歓びがすさまじい勢いであふれ出た。

続く数分間、二人はほとんど意識がなかった。

徐々に正気に返ったが、正気に戻るには狂気にのぼりつめるよりよほどエネルギーを消耗する気がした。

やがて彼はサマンサに重くのしかかっているのに気づいてしぶしぶ離れた。二人は目を閉じてぐったり横たわり、少しずつ現実の世界が意識に戻るのを待った。嵐《あらし》のあとの静けさだったが、二人の次の行動と言葉しだいでは、別の嵐が起こりそうだった。

彼は横向きになってサマンサと向き合い、指でそっと頬に触れた。「大丈夫かい?」

サマンサはうなずいてまばたきしたが、どうしても彼の顔を見られないまま、天井を見つめて重い声で認めた。「あなたの感触を覚えてたわ」頬骨の上をやさしくなでていた彼の指が止まった。サマンサはその指をつかんで震える声で言い添えた。「あなたを知っていたの」

彼は指を引っ込めなかった。じっと横たわっている以外何もできなかった。「きみは知っているとは言わずに、知っていたって言ったね」ようやく指摘した。「それには何か意味があるのかい?」

サマンサは再び目を閉じてうなずき、どこか目のずっと奥の方から涙がにじみ出るのを感じた。「ええ」ささやくように答えた。「あなたの愛撫だけに覚えがあるってこと。以前あなたを知っていたって……」

それでぼくの指をあんなにぎゅっと握ったのか。アンドレは深刻に考え込んだ。サマンサと一緒に泣きたいほどみじめな気持ちだった。

「いつかは何もかもわかると思うと怖いの」

彼は吐息をつくと、サマンサをかき抱いて額にキスをし、もつれた髪の上から頬をなでた。

「大丈夫だよ」彼女と同じく何も確信は持てなかったが、なんとか安心させようとした。「ぼくを信じてくれ、ダーリン、できるだけすばやく、きみを傷つけないようにやってのけるって約束するよ」

「それじゃ、辛いことなのね？」

「そうだ」彼はため息をついた。否定しても仕方がない。辛いからこそ、慎重に対処すべきなのだ。

そして、それだから、今ここでこんなことをすべきではなかったのだ。

ばかめ、彼は自分をののしった。ここまでサマンサに近づくべきでないことは、理性的な人間なら誰でもわかる。彼女に触れる権利を手にするまでは、触れてはいけない。ぼくは十二カ月前にその権利を失ったのだ。なのに、お前は何をした？　彼女を見つけて二十四時間とたたないうちに手近なベッドへもつれ込んで、彼女をほしいままにしてしまった。

ご立派な振るまいだな、アンドレ。彼は自分を嘲《あざけ》った。はじめて会ったときは、ベッドへ連れていくまで、まる一週間は辛抱して待った。それが今度はまる一日も辛抱できなかったとは。

二度とこんなまねはしない——彼は誓った。彼女が悲惨な記憶を一つ残らず思い出すまでは。しかしサマンサが放心状態で彼の指先を彼女の柔らかな唇に持っていくと、思わず呻きそうになり、体はまた活気づいた。彼は目を閉じ、頑として欲望を心の隅に押し戻した——みじめだったこの一年の間、やるせない思いで押し込めてきた場所に。

「さあ、おいで」彼は起き上がると、サマンサの上にかがみ込んで立たせた。彼女が彼の腕を支えにしてうまくバランスを取るまで辛抱強く待つことに、すでに慣れていた。「いいかい？」腕をつかんでいた彼女の手がゆるむと、彼は促した。

「ええ」

「よし、手早くシャワーを浴びて荷物をまとめたまえ。ぼくもそうするから」てきぱき指図すると、部屋の中を歩き回って服を拾い集めた。「できれば一時間以内に出かけたい」

「やっぱり今日のうちに出発するの？」

その口調に彼ははっとした。最後の一枚の服を手にして彼女を見ると、ティツィアーノが描く美しい女神のような姿でさっきの場所に立ちすくみ、おびえて途方に暮れた表情を浮かべていた。その姿は彼を骨の髄まで切り裂いた。

サマンサは安全だと感じられるデボンを離れたくないのだ。だがサマンサの過去、そして彼の未来がロンドンにある以上、そこへ戻るしかない。彼女が記憶を回復して、将来に希望が持てるとしたらの話だが。

「もちろん」彼は答えた。

「ロンドン……」サマンサはつぶやいた。

美しい緑の瞳が虚《うつ》ろに見えた。彼はサマンサのそんな頼りない表情を見るのに耐えられず、ため息をつくとそばへ引き返し、口づけをした。「わが家だよ」きっぱりと訂正した。「うちへ帰るんだ」

9

出発して一時間たっても、二人は短い言葉を二言三言つっけんどんに交わしただけだった。

わが家、と彼が言ったとたんに、二人の間にまたもや障壁が築かれた。彼のほうは決心を変えるつもりがなく、あれこれ言い争いたくないようだ。サマンサはそれに抵抗したいのに、反論の根拠はなさそうだった。

わが家とは自分の帰るべき場所だ。彼がそこへ連れて帰ろうと思うのは当然だわ。さもなければ、こんな大変な思いをしてまでわたしを連れ戻しに来るかしら？　そこにはわたしがこうなった原因を示す手掛かりが無数にあるだろう。記憶を取り戻したいなら、きっかけをつかむのに最適の場所なのだ。サマンサはそう認めながらも、家に帰るのが恐ろしかった。こうした内心のおびえをもらす危険を冒すよりは黙っているほうが楽だ。

しかし、沈黙は狭い車内に緊張をもたらし、そのせいでアンドレは絶えず厳しい視線をちらちらとサマンサに向けた。

「きみを連れ出したのをどう思っているんだ?」サマンサの沈黙を破るように彼が怒鳴った。「いまいましい、なんてこった、とでも?」

サマンサが窓の方へ顔を向けて返事を拒むと、彼はぶつぶつと悪態をついた。大半はイタリア語で、無愛想なサマンサや交通渋滞やこんなふうになってしまった苛立《いらだ》ちを表現するのにぴったりだった。

「前からそんなに癇癪《かんしゃく》持ちだったの?」ようやく彼が静かになると、サマンサは冷ややかにたずねた。

「いや、きみからうつったのさ」車線を変え、スピードを上げながら答えた。「ほかの人といるときは北極の氷みたいに冷めているよ」

「意外だわ」

「当然だろ?」彼は言い返した。「ぼくは大企業の経営者だ。感情に支配されていたら、効率的な経営はできないよ」

「イタリア人が癇癪持ちなのは有名だわ。でも、あなたの名前はフランス系でしょう?」

彼はうなずいて説明した。「母はフランス人、父はイタリア人だ。だがぼくは生まれも育ちもフィラデルフィアだよ。きみはぼくのことをいつも雑種犬と呼んでいたっけ」ほほ笑んで言い足した。「で、ぼくはお返しにいつもきみを――」

「野良猫って」彼女が言った。

彼の足がアクセルからずり落ちた。サマンサは座ったままで硬直し、恐ろしいほどの静寂が続いた。

「覚えていたね」彼は小声で言って気を取り直し、スピなんとか運転に注意を戻した。サマンサは前方を見つめていたが、またもや顔面蒼白《そうはく》になった。彼は病的に青白い彼女の顔を見て不安を覚えた。「サマンサ」声をかけたが、突然窮地に陥った気がした――三車線の高速道路で時速百十キロで走りながら。

「何か言ってくれ」

彼女は明らかに口がきけない状態だった。ちらっとミラーに目をやり、ウィンカーを出して車線を変更した。最悪の場合、路肩に乗り上げれば多重衝突は避けられる。

あごが岩のように硬く感じられた。助手席との間のコンソールごしに手を伸ばし、膝の上で組み合わされた彼女の両手を上からしっかり押さえた。「話をしたまえ」きつく命じた。

今度は彼女の耳に届いた。「大丈夫よ」サマンサは言い張ったが、大丈夫でないのは二人とも承知していた。「ヒステリーの発作は起こさないわ」

「ぼくにも同じ質問をしてくれないか」冗談を言いながら前方を見ると、サービスエリアへの下り口を示す標識が目に入った。彼はそれを設置した人に無言で感謝を捧《ささ》げた。

数分後にはパーキングに入りエンジンを切った。車を降り、助手席へ回ってドアを開けた。サマンサは相変わらず青い顔をして座っていた。

「さあ、おいで」急《せ》き立てて車から降ろし、腕に抱いた。信じられないことに、サマンサは文句も言わずにされるままに彼の襟元に顔を埋《うず》め、彼の体温と力強さが少しずつ体に染み渡るに任せていた。

「ごめんなさい」そうつぶやくと、ようやく彼から離れた。「ショックだったの。無意識にあの言葉を口にして、しかもそれが事実だと知って」

彼は両手でサマンサの顔を覆って仰向けにし、曇った瞳を探った。「たいしたことじゃないさ」やさしくなだめた。「ときたま記憶がひらめくこともなかったら、そっちのほうが心配だよ」

「お医者様がそう言ったの？」

「ああ」彼は認めた。「だが無理に思い出させてはいけないのに、昔の話を持ち出して無理強いしてしまった。謝らなくちゃいけないのはぼくだ」

その言葉に、サマンサは泣きたくなった。

アンドレも今にもこぼれそうな涙に気づいたのだろう。突然てきぱきした口調で言った。「車を停《と》めたついでに、飲み物とサンドイッチでも買いに行こう」

心理テストはこれで終わり。忘れることだ。サマンサもそうきっぱり決めた。

三十分後、二人が再び路上に出たころには、辺りは暮れなずんでいた。サマンサはコーヒーとサンドイッチを食べていくらか気分がよくなり、ロンドンでの生活への緊張感が薄れ、彼のそばにいてもずっと気楽になった。「ブレシンガムのことを話して」

彼はちらっと目を向け、すぐにそらせた。返事をしないのかと思った。どうやらその部分も、触れてはならない過去のタブーなのだ。

「何か心当たりはあるのかい？」彼は沈黙したあとでたずねた。

「名前だけ」

アンドレはうなずいたが、さらに数秒黙るとようやく言った。「ブレシンガムはホテルの名前だ」それっきりで、詳しい説明はしなかった。

サマンサはむずかしい顔になった。「そこもあなたのホテルなの？」

「うちのホテルはロンドンだけで六箇所ある」

「そこであなたに出会ったの？　わたしはブレシンガム・ホテルで働いていたのかしら？」

「そうだ」

「だからステファン・リースは特にそのホテルとわたしを結びつけて覚えていたのね」

「あれを見ろ」彼は唐突に叫んで道路の前方を指さした。「なんてことだ。土砂降りの雨に巻き込まれるぞ」近づいてくる雨雲を見つめて言った。その言葉どおり、二人が気づくのとほとんど同時ににわか雨が襲った。「話はやめだ。運転に専念しないと」彼は車のワイパーを勢いよく作動させた。

静寂をまぎらすためにアンドレはラジオのスイッチを入れ、二秒後には目下ポップスのヒットチャートにのっている最新のロック・バラードが流れた。彼はチャンネルを替えようとしなかったし、サマンサはどんな曲が流れてもかまわなかった。二人は狭く乾いた空間に閉じ込められ、音楽とディスク・ジョッキーのくだらないおしゃべりを道連れに雨の中のドライブを続けた。そのうちワイパーのしゅうしゅうという単調な音に眠気を誘われて、サマンサはうとうとし始めた。

アンドレは彼女の全身から力が抜けたのを目の隅で捉《とら》え、ようやく緊張をゆるめた。あからさまな嘘《うそ》をつくのと少しだけ真実を曲げるのとでは、その間にごく細い境界線がある。彼は二人が最後に交わした会話を思い返して、まったく良心に恥じないとは言いきれなかった。彼はかろうじてその細い線上を踏みはずさないようにたどってきたのだった。

ブレシンガムは二人がこんなことになった主な原因の一つだ。しかし、最初にどの問題から話し合うか決めるまでは、どれについてもサマンサと話すのはさし控えたい。

「事実は小説より奇なりってことわざを聞いたことがあるかい？　まあ、この話を聞いてくれ……」ディスク・ジョッキーの声が割って入った。

なんだと、とアンドレは思った。こっちは今、事実より珍奇な情況に面食らってあたふたしているんだ。ほかの誰かさんの話なんぞ聞くまでもない！

ケンジントン通りへさしかかるころには雨はやん

だ。サマンサはワイパーが止まって静かになったのに気づいたように、伸びをして目を開け、目の前の見慣れた焦茶色の瞳をのぞき込んだ。

「やあ、起きたね」アンドレがそっとつぶやくと、サマンサは胸がきゅんとした。

「ええ」彼の瞳に見つめられて恥ずかしかった。今さらばかみたい、今日の午後あんな親密な愛の交わりをわかち合ったのに。「ここはどこ？」窓の外に目をやってきいた。

「渋滞にはまってね」彼は眉を寄せた。「一時間以上眠っていたよ」車を這《は》うように進めながらきいた。「昨夜《ゆうべ》はよく眠れなかったのか？」

昨夜のことははるか昔のように思われた。「雨はやんだのね」サマンサは彼の質問を無視した。

「今やんだばかりだ」彼は答えて次の交差点で脇道《わき》へそれた。聞き覚えのある町名をいくつか通りすぎたが、サマンサはどこでそれらの名前を聞いたのかは思い出せなかった。ロンドンで暮らしたことはもちろん、訪れたこともないのに……。

「ロンドンには家があって、確かホテルも六軒あるって言ったわね？」サマンサはきいた。「ホテルに専用のスイートを持つほうが、家を一軒かまえるより出費がかさまないんじゃなくて？」

「ああ、かなり節約になるな」彼はにやりとした。彼の笑顔にまたしても胸がときめいたが、節約という言葉を聞いてげっそりした。というのも、この辛《つら》い一年間でいちばん身近な言葉だったので。

「だがホテルに住むと、いつも職場から離れられない気がしてね。ホテルってのはどこかへ出かけて二日ほど泊まるにはいいが、きみもぼくも、長く暮らすには自宅のほうがいいと思ったんだ」

サマンサはアンドレがごく自然に彼女のことも含めて話をしているのを聞き逃さなかった。

「だから本社のあるニューヨークにもアパートメン

トを持っている。ほかにパリとミラノにも。それと休暇を取ってしばらく砂浜に寝そべりたいときのために、カリブ海にも別荘がある」

「安逸を貪《むさぼ》るわけね」

「そんな気分に陥ったときにはね」彼は認めた。

「だけど、それ以外のときは仕事に励んで、スーツケース片手に遠くまで旅をして回っている」

「エクセターみたいに、ぜいたくな最上階のスイートに泊まってね」サマンサは補足した。

「ホテル稼業の役得だよ」

「法外な役得だわ」

「しかし、すてきなライフスタイルだ。きみだって気に入ってたくせに」おもむろにからかった。

「わたしが？」サマンサは振り向いて彼をじっと見つめた。彼が今言ったような、わがままな有閑マダムの人物像が好きかどうか決めかねた。

車はスピードを落とし、急に右折した。正面に視線を戻すと、きちんと刈り込んだ緑の生け垣が両側にある黒い鉄の塀が目に留まった。車はやがて高い錬鉄製の門扉の前で停まった。門の向こうには白亜の家が立っている。庭園に囲まれたジョージ王朝様式の邸宅らしい。

門扉が自動的に開いた。タイヤがじゃりじゃりと砂利を食《は》み、車は美しく刈り込まれた芝生の間を進んだ。彼は二本の細い円柱のある幅の狭いポーチに車を横づけにした。ポーチの両側には大きな石の壺《つぼ》が据えられ、真っ赤なゼラニウムがあふれんばかりに咲きこぼれている。

車から降り立ったサマンサはじっと家を見つめた。灰色の雲が垂れこめた蒸し暑い夏の宵に、家はあくまでも白く清潔で、とても優美に見えた。だが……。

この家は嫌い――サマンサは不意に体が冷たくなり、ぞくっと身震いした。

車の反対側から厳しい目を向けていたアンドレは、

サマンサが意味ありげに身を震わせて立ちすくんでいるのを見てその理由を的確に悟った。サマンサはどうするだろうか？

悪役俳優のように肩を怒らせ、サマンサが何か言うのを待った。どう対応すべきか決めるために、彼女の心の内を知る手掛かりが欲しかった。この家は閉ざされた記憶を解き放つ鍵《かぎ》となるはずだ。彼女をここに連れてきたのはあきらかに理にかなっている。だがしかし、彼女が事故のあと彼と再会したときもそれを期待したが、そうはならなかった。

ブレシンガムの話が出たときもだめだった。

「本当にあなたとここで暮らすの？」サマンサは不安そうにきいた。

アンドレは肩の力を抜いた。「そうだ」きっぱりうなずいた。実際は体が震えているのに、いかにも落ちつき払って聞こえたので、自分ながらあきれた。

「荷物はあとで取ってこよう」サマンサの方は見ないで車を回り、鍵を手にポーチに立った。「入らないか？」軽く促した。

いやよ、サマンサは心の内で答えた。この家が自分にこれほど大きな影響を及ぼす理由が理解できなかった。その感覚は無視できないほど強く、ジャガーのドアにしがみついたまま、彼が扉に鍵をさし込んで開けるのを見守った。

サマンサが息をのむと喉に塊がつかえ、窒息しそうになった。彼もまたじっと動かなかった。身動きもせず、何かをする気配もない。サマンサと同じく、何かが起きるのを待っているようだ。蒸し暑い空気の中で静寂が脈打ってこだまし、二人が静止していることがかえって静けさを強調し、頭の中の咆哮《ほうこう》が高まった。

いけない、彼女はもうろうとした頭で自分に命じた。二度と気を失ってはだめ！

アンドレはサマンサの内心の葛藤《かっとう》を察したらしく、

突然振り向いて正面からまっすぐ見つめた。大きくて、すらりとして、とてつもなく魅力的だ。サマンサは自分がどれほど強く彼を求めているかを悟ってうんざりした。心が痛み、実際に肉体的苦痛を覚える気がした。というのも、彼が自分に対して同じ気持ちを抱いているとは信じられなかったからだ。

「なぜわたしと結婚したの？　教えて」喉の塊をのみ込み、ようやくささやくような声を出した。

彼は無表情な顔で平然ときき返した。「男ってのはどうしてみんな美人と結婚したがるのかな？」

〝美人〟という言葉は適切ではない。今そんな言葉は聞きたくなかった。それでは問題の中心がずれてしまう。今わたしが問題にしているのは〝美しさ〟ではない。別の何かがわたしを悩ませ、侵し、警告を発しているのだ。だけど、ほかに何が？　ほかに何があるのだろう？

「明日もう一度きみと結婚できるものならそうした

いよ」砂利を踏む音に目を上げると、彼が近づいてくるのが見えた。その落ちついた表情は催眠術のようにサマンサの心を和らげた。「また逃げ出したりしたら、死ぬまで捜し続けるよ」

「この前は捜さなかったわ」かすれた声でささやいた。その事実に対する疑問が鎖となって自分をここへつなぎ止め、終わりなく踏み車を踏ませている気がした。

彼は微笑した——あれが微笑といえるのなら。歪《ゆが》んだ嘲笑《ちようしよう》か？　愚弄《ぐろう》か？　意地の悪い皮肉か？

それから引きしまったしなやかな筋肉が軽やかに動いて、不意にジャガーのドアとボンネットに手をつき、体と、力と、そして怒りで、サマンサを閉じ込めた。サマンサはあえいだ。歪めた唇の間から歯が白く光り、瞳が黒いダイヤのようにきらめいた。

「きみを見失ったのはぼくじゃないよ、ダーリン」彼は厳しい声で言った。「きみ自身だ」

二人の間に火花が散った。サマンサの頭の中でぱちぱちと電気の火花がひらめいた。記憶の扉が開き、その中をかいま見る暇もなく、再びばたんと閉じた。動悸《どうき》が速まり、息をしたくて胸が上下した。何か言おうとしたが声が出なかった。怒りに燃えた彼の瞳が、今の言葉を認めろと言っていた。

彼の言葉は正しい。そのとおりだ！　パニックに襲われ、理性が金切り声で叫んだ。わたしは何か恐ろしいものと対決するのを避けて、卑劣な臆病者《おくびょうもの》のように逃げ出して自ら記憶を失ったのだ。

悲劇ね。サマンサはせつなくなり、彼の瞳をしっかり見据えた。臆病なわたし自身に向き合わせようとした容赦のない瞳を。そして決意した。記憶喪失という愚かなゲームをやめて、この男が最愛の人であると同時に最悪の敵のように感じられる謎《なぞ》を解こう！

「わたしはあなたを愛していた、そうでしょう？」

思わずしゃがれた声でささやいた。

彼の瞳は漆黒に変わった。「そうだ」

「なのに、あなたをひどく傷つけたのね。あなたは前にそうほのめかしたわ」

アンドレはその言葉に苛立ってちらっと目をそらせたが、すぐにまた視線を戻した。

「ごく短い間のことだ」苦い顔で認めた。「だが、仕返しをするために、きみをここへ連れてきたと思ってるのなら、それは違う」彼はきっぱりと言った。「ぼくのほうがずっと手ひどくきみを傷つけたんだから」

その言葉から察すると、どうやら二人の結婚生活は楽しく幸せなだけではなかったようだ。二人とも短気で、癇癪持ちで、頑固に自分の流儀を押し通そうとする。

サマンサは彼の肩ごしにもう一度家を見つめた。もはや、おびえもしなければ、うろたえることもなかった。最初に見たときはなぜ違ったのか、いまだに釈然としなかったが。

「まだ思い出せないわ」サマンサは彼を振り返って言った。「だけど、思い出したいの」

彼の岩のように硬い表情がくずれて緊張がゆるんだ。「よし」うなずいて、体を起こして彼女から離れた。「ようやくいくらか前進し始めたな。膝の具合はどう？　歩けそうかい？」

気をそらせようって作戦ね。下を見ると、右膝を曲げて全体重を左脚にかけていた。どんなに精神的打撃が大きくても、本能的に痛めた右膝をかばっているのを、サマンサはぼんやり自覚した。

いつもの屈伸運動をしてこわばった関節をゆるめる間、二人は何も言わなかった。やがて暗黙の了解があったように、サマンサは足を地面につける瞬間に彼の腕に手を伸ばし、同時に彼が腕をさし出した。ほっそりした指が涼しげな亜麻色の布地にからみつき、すぐにたくましい腕に巻きついた。一瞬胸がときめき、やがて静まった。彼はサマンサの歩く体勢が整うのを待って、家に向かって歩き出した。

「二人で住むには大きすぎるみたい」

「ここは——うちの一族が代々住み続けた家だ」

彼がためらって言いかけた言葉をのみ込んだので、サマンサは立ち止まって彼を見上げた。だが見えたのは、表情豊かな瞳を覆ってカーブを描く絹糸のような黒いまつげだけだった。目をそらそうとして、彼の口元が不意にせせら笑うように冷たく歪むのが目に入り、おびえて指の爪を腕に食い込ませた。

その拍子に、彼のまつげがさっと上がり瞳がのぞいた。険しい怒りが燃えている——サマンサは鋭く息を吸い込み、あとずさりしようとした。

彼の瞳がきらりと光って怒りが炸裂《さくれつ》した。「くそ、こんなこと、やってられるか！」怒鳴ると、かがんでサマンサを抱き上げた。

「何するの？」サマンサは叫んだ。引きしまった筋肉がショックにおののくサマンサの体に触れ、心臓がどきんと飛びはねた。「わたしは身体障害者じゃないのよ。抱いて運ぶ必要はないわ！」

「きみはぼくの妻だ」彼は怒鳴り返した。「どうしようが、いちいち断る必要はない！」肩を怒らせてずんずん家に向かった。戸口で足を止め、サマンサに荒々しく情熱的なキスをした。再び彼が頭を上げたときには、サマンサはぐったりとしていた。「そうさ、今はきみは自分が誰なのか知らなくても、今日という日が終わるまでには絶対わからせてやる」彼は叫んだ。

「どうしたの？　そんなに急に怒り出して」

「きみはぼくの妻だ」それがすべての答えであるかのようにがなり立てた。「ぼくの妻だ《マ・ファム・ア・モワ》！」フランス語で怒鳴った。「ぼくの妻《ラ・ミア・モグリー》なんだ！」しゃがれた声でイタリア語でもう一度言った。純潔な花嫁をベッドへ運ぶ情熱的な花婿が、傲然《ごうぜん》と所有権を主張するように。

あいにくサマンサは花嫁でもなければバージンでもなかった――現に今日も二人は固く結ばれたのだ。しかし彼の意図がどうであれ、彼女はおびえるどころか、むしろ気分が昂揚《こうよう》していた。

背後でドアが閉まった。室内は古風なジョージ王朝様式の趣が感じられた。淡い色調のシルクを張った壁、優美な天井蛇腹。油絵は途方もなく高価そうに見える。

「アンドレ――」

「黙って」彼はあごを突き出し、断固としてさえぎった。「きみを無事横たえるまでは、無理にぼくの名前を口にするんじゃない」

「どうして」サマンサは不思議そうにきいた。

「今まできみがそれを避けていたからだ。実際、きみは無意識に口にする以外は、一度もぼくを名前で呼ばなかった。だから頭にきたのさ。まるでぼくはきみの想像の領域にしか存在しない気がして」

彼が階段をのぼる間、サマンサは今彼が言ったことを頭の中で反芻《はんすう》し、それが的を射ているのを認めた。わたしは彼に触れてはじめて彼の存在を知る。離れると、彼は絵空事のようにぼんやりかすんで、満足にその姿形を見定めることもできない。

「ごめんなさい」彼女はささやいて、彼の頑《かたく》なあごにそっと謝罪のキスをしたが、そのキスはたちまちまったく別なものに変わった。

貪欲《どんよく》なディープキス。温かな肌に、骨に達して血がにじむほど歯を立てた。けれどそれが目的ではなかった。本当は髭《ひげ》がざらざらする肌にちらちらと舌を這わせてこの男を味わいたかった。味わい尽くしたかった。その欲望は衝動的で、どこからともなく現れてサマンサを完全に支配した。

彼は肩の力が抜け、肌が熱くなり、喉から空気がもれてしゃがれた声が出た。「魔女め」彼は歯を食いしばった。全身にさざなみのように歓《よろこ》びが走るのを感じながら、新たな世界に入り込んだのを知った。そこにどっぷりと浸り、あごをゆるめてお返しのキスをせがんだ——貪るように熱いディープキスを。

彼が欲しがるとサマンサは満足を感じた。それは抑えがたい根源的な欲求だった。

サマンサの足が床に落ちてもまだキスは続いた。それは熱に浮かされた欲求であり、きわめて動物的な欲望だった。彼はサマンサのTシャツの端をつかんで頭の上に引っ張り上げた。サマンサは両手を上げたが、シャツを通すためにやむなく二人の口が離れ、呻《うめ》き声をもらした。

彼がシャツを脱ぐ間も、貪欲な指でせわしなく彼の髪や顔を愛撫《あいぶ》した。それから、男性の肌の感触にうっとりして我を忘れた。サテンを思わせるほどなめらかな肩、弾力のある黒い胸毛、それに男の胸の硬い先端。サマンサはそれをそっと口に含んだ。

彼の息遣いが乱れ、心臓の鼓動につれて胸が速いテンポで上下した。彼の指が滑って信じられないほど軽いタッチで愛撫すると、サマンサの体は純粋な性の歓びを通す生きた導管になり果てた。ブラジャーがぱちんとはずれた。サマンサは二本の足で立ち、しなやかに反り返ってブラジャーを投げ捨てると、起き上がってあごを上げ、エメラルド色に燃える目で、自分自身を誇らしく彼にさし出した。

アンドレは呻くと、ドアから離れた。「あれを忘れたんじゃないだろうね?」彼はうなった。「ぼくに触れて誘惑したのを覚えているはずだ!」

サマンサは彼の肌に触れた。長くほっそりした腕がしなやかに動いて、サテンのようになめらかで張りつめた筋肉に指を当てた。

指の下で硬い筋肉がほぐれ、サマンサは挑発的にほほ笑んでみせた。

その笑顔は最後に残っていた彼の理性を失わせた。

「きみはこの世のものとは思えない」みだらにつぶやき、背中に腕を回してサマンサを抱え上げた。

「あなただって」サマンサは答え、彼の浅黒くハンサムな顔に向かってからかうようにつぶやいた。

「アンドレ、あなたは本当に実在してるの?」

「今にわかるよ」そう言うと、サマンサをアンティークのフランス風の高いベッドへ下ろした。彼女を押しやって仰向けに寝かせると、すばやくズボンを脱ぎにかかった。サマンサの靴が脱げ落ち、素足の爪先が彼の胸板の真ん中をなでさすった。彼は立ったまま、服を脱ぎながらサマンサが責めるに任せたが、きらきら光る目を細めて、仕返しをするぞとおどした。

今のサマンサは本当の自分に戻ってセクシャルなゲームを楽しんでいる――彼は思った。もしも彼女がそれを知ったら、誘惑するのをやめておかしくなったようにわめき立てるだろう。

だがサマンサは本能に支配されていた。記憶のあるなしにかかわらず、本能は本能だ。彼女は本能のおもむくままに、じらしたりあおったり、男の欲望をそそるゲームに興じて、哀れな犠牲者を狂気に駆り立てた。

サマンサが与えるものはなんであれ、アンドレは十倍にして返した。それが二人の結婚生活を刺激的で興奮に満ちたものにした主な要因だった。だが激しやすい者は常に予測のつかない行動に走る危険をはらんでいる。まさにその事態が、二人を引き裂く結果をもたらした。つまり、二人はどちらも相手がほかの誰ともこんな振るまいをしないとは信じられなかったのだ。

不信は疑惑を生み、疑惑は虚偽を生んだ。彼とははじめて会ったとき、サマンサには献身的な崇拝者が少なくとも三人はいた。ほかの三人の男もこんな彼女を知っているのだろうか？　このような性への耽《たん》溺《でき》を共有したのだろうか？　そんな疑いに駆られて、彼はこの美しくみだらな女を独占するために必死で策を講じた。

ひと月もしないうちに、彼はサマンサの内に住みついている野獣を飼いならせるという信念のもとに、彼女と結婚した。その結果、彼は自分の内にも野獣が潜み、飛びかかって咆哮しようと待ちかまえていたのを悟ったのだ。サマンサはバージンだったが、彼女の野獣は強烈な欲望を発揮し、彼の野獣は嫉《しっ》妬《と》深かった。彼女のみだらな行為には傷つきやすい心が隠れていて、彼に愛されることだけを願いながらも彼の愛を完全には信じられなかった。彼はサマンサを失ってはじめてそれを悟ったのだった。

嫉妬は愛の天敵である。嫉妬は卑劣で、残忍で、ずる賢い。彼はサマンサの欲望を貪り、彼女が最も必要としていたもの——つまり彼の愛を与えるのはさし控えた。そのあげく、彼女を殺してしまった。今の彼女を見れば殺したも同然だ。残っているのは彼の体への欲望だけであることを知れば。そして愛がよみがえるのを恐れて、あの苦しみを再び味わう危険を冒すよりは記憶を失うほうがましだと思っているのを知ったからには。

こういう状況にありながら、ぼくは何をしているんだ？　大胆にも裸でサマンサの前に立ち、彼女の足が円を描いて巧みに愛撫して巧みに欲望をそそるに任せ、そして今にもその欲望を貪ろうとしている。

「アンドレ？」彼があまり長いこと何もしないで見つめているので、サマンサは不思議そうにつぶやいた。

アンドレ。やれやれ、その名前は彼の心をずたずたに引き裂き、自嘲と自己嫌悪と狼狽《ろうばい》に陥らせた。

「いけない」彼は口の中で何かつぶやいて彼女の足から離れ、サマンサが打ちひしがれるのを見ないように背を向けた。

サマンサは何も言わなかった。その沈黙は刃渡り二十センチの鋼の刃《やいば》のように彼に切りつけた。

「二人が対等の立場にならない限り、こういうことは二度としない」きっぱりと告げた。

「対等？」彼女がささやくのが聞こえた。

「そうだ！」大声で怒鳴った。彼の威厳のある態度を頭から嘲笑するように、むくむくと頭をもたげたものを押さえてジッパーを引き上げた。振り向くと、めらめらと燃え上がる卑劣な怒りをサマンサにぶつけた。「ぼくの名前を口にするからには、きみは身を任せようとしているアンドレという男を知ってるってことだ！」大声で叫んだ。

サマンサは起き上がった。炎のように赤い髪が乱れて肩にまつわり、百合《ゆり》のように白い胸の上でみだらにくるくる渦巻いた。顔はみるみる蒼白になり、彼はサマンサがたじろぎ、その美しい瞳に恐ろしい後悔の念が浮かぶのを認めた。アンドレは自責の念に駆られて口がきけなかった。こんなことを始めたのはぼくだ。二度としないと心に誓っていたのに誘惑に負けて、言い争っていた問題から彼女の気をそらせるためだと自分に見え透いた言い訳をして、こんなことをしでかしてしまった。

「その男のことならちゃんと知ってるわ」彼女は静かに言った。「あいつは裏切り者の鼠《ねずみ》よ」

そのとおり、ぼくは鼠だ。怒りは厳しい自嘲に変わった。「それなら、鼠はキッチンへ残飯をあさりに行くとしよう」皮肉っぽく言い返した。「服を着て、支度ができたらキッチンへ下りてきたまえ」

言い捨てると、致命的な言葉を投げ返す暇も与えずに彼は出ていった。本能はあくまでも本能であり、サマンサの本能はとてつもなく危険なのだ……。

10

サマンサは下りてこなかった。下りてくる気があるのか？ アンドレはやきもきした。

それとも、横柄にかまえて下りてこない気か？

サマンサはまだベッドの端に腰を下ろして、ひっそりと自己嫌悪と屈辱に沈んでいた。みんなわたしのせいだ。何もかも愚かなわたしがしでかしたことだ。始めたのは彼だとしても、彼をそそのかして勢いづかせたのはわたしだった。彼を押しのけるべきだったのに、キスをし、彼に触れ、道徳など眼中にない色情症の娘のように誘惑したのだ。

色情症。サマンサはぞっとして、全身に鳥肌が立った。いたたまれなくなって立ち上がり、服を着ようとして拾い集めた。ふと棒立ちになって美しいフランス風の家具を置いた室内を見回した――そこに家具など一つも存在しないかのように。そのあとは何も考えず、服を床に落としてベッドへ戻った。ぼんやりした白いパーケールの上掛けの下にもぐり込んで目を閉じると、踊っているニンフや意地悪な目つきの黒い悪魔が出てくる、深い眠りに落ちた。

数時間後に目覚めたサマンサは、二日酔いかと思うほどまぶたが重く体調が悪かった。二日酔いにしても、きわめて重症だわ。苦笑してベッドを出ると、バスルームへ向かった。シャワーを浴びて体を拭《ぬぐ》い、厚くなめらかな絨毯《じゅうたん》を踏んで化粧室へ通じるドアを入った。ゆっくり時間をかけて、エメラルドグリーンの長いガウンを選んだ。日本のシルクのキモノだ。それを羽織り、腰の紐《ひも》を結びながら寝室へ戻った。ふとうつむいて手元に目をやった。そうした仕草は、自分の家の寝室にいる人のように自然でくつろいで見えた。

アンドレは留守だ――サマンサはぼんやり考えた。ラウールは出かけ、家にいるのはわたしだけ……。

ふとドアのそばにスーツケースがあるのを見て眉をひそめた。そのとき部屋の向こうで何か音がして振り向くと、アンドレがいた。シルクの黒のズボンに白いシャツを着て窓際に立っている。

「以前着ていたガウンを見つけたね」彼が言った。

そのとたんに頭の中で扉がばたんと閉じ、サマンサは柔らかなクリーム色の絨毯の上にくずおれた。

次に気がつくと、見覚えのない美しいグリーンのガウンをまとって見慣れないベッドに寝ていた。知らない人が上からのぞき込んでいる。

まだ若いハンサムな男だ。「やあ」彼はサマンサが目を開けたのを見て、にこやかに声をかけた。

「美しい瞳だな。目を開けてくれて嬉《うれ》しいよ」

「ここはどこ？」サマンサはもうろうとしてきいた。「あなたは誰なの？」

「医者だ」またにっこりした。「名前はジョナサン・マイルズ。ほんとに好きな人ならジャックって呼んでも気にしないよ」

サマンサはそのときになってはじめて、彼に片方の手首を軽く握られているのに気づいた。その指の下でゆるやかに脈が打っている。

「この懐中電灯で美しい瞳の奥を詳しく点検する間、ちょっとだけ動かないで……」

サマンサはおとなしく指示にしたがった。「わたしはどうかしたの？」片方の目を懐中電灯で調べている医者にたずねた。

「気が遠くなってね」説明しながらもう一方の目に移った。「アンドレが心配してぼくを呼んだ」

アンドレ。霞《かすみ》がかかっていた頭がようやくはっきりしてきた。

「ここがどこかわかるかい？」彼は穏やかにきいた。

「ええ」サマンサは低くつぶやいた。

「気を失う前に何があったか、覚えている？」

「目が覚めたの。自分が誰かわかったわ。あれを目にしたら気が遠くなって」ぽつりぽつりと答えた。

医者はむずかしい顔になった。「あれって？」

あの男、と言ってしまいたかった。わたしはアンドレを憎んでいる。彼の顔など二度と見たくない。

「そのことは言いたくないの」

医者は不満そうにため息をついて深く座り直した。

「ひどい衝撃を受けたから？　それとも、ごく個人的な問題だからかい？」しつこく問いただした。

両方よ。サマンサは答えるのを拒否した。沈黙が長引き、部屋のどこかで緊張して身じろぎする気配がした。医者の指がこめかみの傷跡に軽く触れた。

サマンサは再びきっと目を見開いた――険しい緑の瞳が警戒の火花を発した。

「よしよし」医者はさっきのにこやかな笑顔に戻った。「浅い傷だから、ときがたてば完全に消えるよ」そう診断を下した。「膝の具合はどう？」

「膝は大丈夫よ」険しい声で答えた。「具合の悪いところはどこもかしこも治るには長くかかるのね」

怒りに青ざめ、警戒の表情を浮かべている。医者はサマンサの顔をしばし観察してからうなずいた。

「もっともだ。その様子では、頭のレントゲンを撮ることには同意しそうもないね。なんともないってことを確かめるだけなんだが――」

「ええ、いやよ」サマンサはきっぱりさえぎった。

「いいとも」別の声が割って入った。「ジャック、きみが必要と思うなら、サマンサは同意するよ」

アンドレの姿を目にしたとたん、サマンサは目を手で覆った。

「きみが決めることじゃないよ、アンドレ」落ちついているが有無を言わせない医者の声が、サマンサの心に響いた。もし彼女が目を開けていたら、医者がきらりと警告のまなざしを浴びせ、アンドレが苛《いら》立《だ》ってぷいとそっぽを向いたのが見えただろう。

また、医者がベッドの横のキャビネットに置かれていた二種類の錠剤を手にしたのも見えたはずだ。サマンサが知らないうちに、アンドレが彼女のハンドバッグから取り出してそこに置いたのだ。医者はそれぞれの薬のラベルを読んで眉をひそめた。一つを開けて小さな錠剤を一粒取り出すと、残りをすばやくポケットにしまい、水のグラスに手を伸ばした。

「さあ、これをのんで」サマンサに指示した。

彼女は目を覆っていた手をはずした。錠剤を見て顔をしかめたが、なんの薬かわかると素直に受け取って水でのみ下し、目を閉じて薬が効くのを待った。

医者が立ち上がってベッドが揺れたかと思うと、彼はサマンサの片方の手の上にそっと手を重ねた。

「ぼくに用事があれば、連絡先はアンドレが知っているから」

「ええ、ありがとう」サマンサは答えたが、医者が帰ると知ってほっとした。

ジャックがうなずくと、アンドレはすぐに大股でドアへ向かい、二人は連れ立って静かに部屋を出た。アンドレはむしゃくしゃしていたが、ジャック・マイルズは当然の報いだという顔をして、ドアが閉まるやアンドレを攻撃した。

「きみがどんなゲームをする気か知らないが、そのゲームは危険だと言っておく」

「これはゲームではない」アンドレは言い返した。

「わかっていればいいさ」医者は言った。「率直な意見を聞くためにぼくを呼んだんだろうが、この病気はきみの理解を超えているよ。記憶喪失は厄介な病気で、まだほんの一部しかわかっていないんだ。だが、彼女は少しずつ記憶を取り戻しかけているようだ。ぼくとしては、そのためにはきちんと管理された環境が必要だと思うが」

「いや」アンドレは即座に拒否した。「きみが言うのは入院ってことだろう？　脳のレントゲンを撮るのは意味があると思うが、二度と病院へ戻すつもりはない。彼女はこの先一生、もう入院はしたくないだろうよ」肩をそびやかして言った。

「きみと一緒にいるのが、必ずしも彼女にとって最善の道とはいえないよ」

「彼女はぼくを選ぶほかないんだ！」アンドレは独占欲をあらわにして怒鳴った——わかりきったことしか言わないなら、さっさと帰ってくれ。きみの理解を超えてるだと？　くそ、そんなことは百も承知だ。管理された環境に閉じ込めろだと？　ぼくの目の黒いうちは、そんなことさせるもんか！

「これを……」ジャックは玄関でポケットから二包みの錠剤を取り出し、アンドレに渡して忠告した。「これは彼女の手の届かないところに置いて、きみが必要と判断したときだけ与えるように」

「つまり……」アンドレは口の中がからからになった。「きみの考えでは彼女はひょっとして……」

「彼女はショック状態なんだぞ！」医者は突然激怒した。「彼女を見つけたのはいつだ？　二日前か？　それ以来失神するとか、気を失いかけたことが何度あった？　彼女の頭の中で何が起きているのか、誰にもわかるもんか。本人にもわかっているとは思えない。例えば今夜だって」憤然と続けた。「彼女は眠って、目を覚ました――と思ったら、この一年ずっとあの寝室を使っていたように振るまった。それから突如として、どかん、と過去から現在へ逆戻りした。これでは気を失うのも不思議じゃないさ！」

「わかってる」アンドレはそっけなく答えて錠剤をポケットにしまい、医者を帰そうとした。「急だったのに来てくれてありがとう、ジャック。感謝してるよ」

「だが、ぼくの意見のほうはどうやらありがたく思っていないようだね。帰る前に一つ忠告しておくが、この厄介な問題にきみが一人でなんとか対処するつもりなら、気楽にやることだな。そばにいて、彼女の慰めと支えになってやるといい。ただし、記憶を探ろうと強いてはいけないよ」真顔で警告した。「運がよければ、徐々にすんなりと記憶が表面に浮かび上がってくるだろう」

「しかし、きみはそんなに簡単にいくとは思っていないようだな」アンドレは医者の声に懸念の響きを聞き取り、顔をしかめた。

ジャックは首を振った。「あの様子では、ばらばらで瞬間的にだが、すでに記憶は戻りかけている。その引き金はきみだよ、アンドレ。決して故意にその引き金を引いてはいけない。さもないとまともにバックファイヤーを浴びることになるぞ」

バックファイヤーならすでに一年前に浴びている。

アンドレは苦々しい思いで医者を送り出した。ため息をついて居間へ引き返し、ウイスキーのデカンターを手に取った。グラスに注《つ》ぎながら、アンティークの書き物机の上の写真に目を留めた。その机は結婚したときサマンサが持参した唯一の家具だった。

　彼は写真立てを手に取り、二人の男の笑った顔を見つめた。どこからともなく凶暴な力が噴き出し、写真立てを床に投げつけてこっぱみじんに壊した。

　翌朝サマンサは階下へ下り、トーストとひきたてのコーヒーの香りに引かれて家の裏手へ向かった。高速道路のサービスエリアでサンドイッチを食べて以来、腹の足しになるものは何も口にしていないので、胃袋が抗議をし始めている。

　だが自分が誰かも定かでないのに、キッチンへ通じていそうなドアを開けてその向こうを見るには勇気を要した。そこにいるのは見知らぬ他人か、それとも、知っているような気がする男だろうか？

　彼女が目にしたのは、どことなく見覚えのある男だった。浅黒く、魅力的な男だ。Vネックのスウェットシャツにストーンウォッシュのジーンズ姿でステンレスのガスレンジの前に立ち、パンをトースターに入れていた。彼は辺りを見回し、戸口にいるサマンサを見てはっとして手を止めた。サマンサは用心深く彼を見つめ、彼も油断なく見返した。

　二人ともなんと言っていいかわからず、沈黙が続いた。最初に沈黙を破ったのはアンドレだった。彼はサマンサの身なりにちらっと目をやった。淡いオリーブグリーンのパンツにそろいのベスト、それに合わせて、コーンイエローのシンプルなブラウスを着ている。二階のクローゼットにあった服だと気づいたが、今度は用心して何も言わずに如才なく声をかけた。「やあ」手元に注意を戻した。「コーヒーの香りがきみの部屋まで届いたのかい？」

「実はトーストの匂《にお》いが……」彼女も努めてくつろいだ口調で答えた。「おなかがすいちゃった」

「よくわかるよ。ぼくも昨日はあまり食べなかったから。座りたまえ。十秒もすればできるから」

ともかくこれでいちばん気づまりな場面は突破したわ。サマンサは言われたとおり部屋の真ん中に据えられた大きなテーブルの前に座った。ようやくアンドレから目をそらして周囲に目を向けた。

キッチンは豪華で、古い農家にしか見られない古い松材の家具があちこちに置かれている。「この家の内装は誰が選んだの？」

「母だよ」彼は熱いトーストを温めた皿に器用にのせた。「だから、どこもかしこもフランス風だ」

彼の母親。「ここに住んでいるの？」

「数年前に亡くなった」

サマンサはその答えを予期していたような気がした。「ご愁傷さま」小声でつぶやいた。

彼は肩をすくめ、トーストの皿をテーブルに置くと、古めかしい大ぶりのコーヒーポットを運んできた。「きみは母とは一度も会わずじまいだった」

「お父様は？」きかずにはいられなかった。

実用的な白いマグカップが二つと、白い取り皿が二枚、ミルクや砂糖やバターもテーブルに運ばれた。

「ぼくが十歳のときに死んだ」

「まあ、お気の毒に」もう一度言うと、彼女はぴたりと口を閉ざした。二人はどちらも、サマンサがほかの家族についてもたずねるのが当然だと感じていた。沈黙がひときわ重く垂れこめた。

しかし、なぜかサマンサはきけなかった。

気まずさを埋めようとして、彼女はコーヒーのマグカップに手を伸ばし、ていねいに前に並べながらほかに話題はないかと頭を絞った。「こんなに家が広いから、大勢使用人がいるかと思ったわ」

「ウィークデーには毎日通ってくるよ」彼は説明し

ながら彼女の向かいの椅子を引き出して座った。

「今日は土曜だから来ないけど」

「使用人の中で、以前わたしが知っていた人はいる？」そうたずねると、コーヒーポットを取り上げた。

「家政婦のミセス・ソーンダーズは知っている。ほかの人はわからないよ」

「ふうん」そう言うしかなかった。仕方なく二つのマグカップにコーヒーを注ぐことに注意を向け、一つには砂糖を、もう一つにはミルクを加え、砂糖を入れたほうのマグを彼の方へ押しやった。

「ありがとう」彼はかすれた声でつぶやいた。

サマンサはうなずいてコーヒーを一口すすり、トーストを一枚皿に取ったが、そのままぼんやりしてトーストを見つめて座っていた。

「どうした？」アンドレは無愛想にたずねた。「何かまずいことでも？　ぼくが何か……」

「ナイフが……」

今度は彼がぽかんとしてテーブルを見たが、すぐに席を立って引き出しからナイフを取ってきた。

「指に怪我《けが》をしたのね」サマンサは彼の右手の人さし指に厚い絆創膏《ばんそうこう》が貼《は》ってあるのを見て言った。

「グラスを落としたのさ」嘘《うそ》をついた。「破片を拾おうとして傷つけてしまった。立ったついでに、マーマレードかジャムはどう？」

サマンサがかぶりを振ったので、アンドレは席に戻った。彼女がコーヒーをすすると、彼も同じようにした。トーストにバターを塗り始めると、彼もそれにならった。気づまりで、サマンサはむっつり黙り込んだ。どちらも話すことが何もなかった。二人はまったくの他人同士で、お互いになんのかかわりもないのを隠そうともしなかった。

「あなたは――？」

「きみは――？」

二人は同時に口を開き、すぐに口をつぐんだ。

「きみから先に」彼が促した。

なんてこと！　何を言いかけていたのか忘れてしまった。わたしの氏素性と同じだわ——サマンサは自嘲《じちょう》した。「ジャムをいただこうかしら」何もないところから無理に言葉を紡ぎ出す。彼が立ち上がると、それがサマンサの心を圧迫し、我慢の糸が切れかけた。「取りに行かなくて結構よ」すばやく彼を止めた。「どこにあるか教えてくれれば自分で見つけるわ！」

ジャムのポットがどしんとテーブルに置かれた。

「お安いご用だ」アンドレは厳しい口調で言った。

嘘ばっかり！　サマンサは立ち上がろうとした。彼はまだ立っていた。「今度はどこへ行くつもりだ？」いらいらしてため息まじりに言った。

「あなたこそ、さっきから立ったり座ったり」

「いいから、座って食べたまえ」彼は命じた。いつもはぽんぽん飛び出す辛辣《しんらつ》な皮肉も今はすらすら出ないみたい。サマンサは意地悪く思った。

「おなかはすいてないわ」

「座って。食べろよ！」大声でくり返した。

「おちおち食べてなんかいられないわ！　これじゃまるで顕微鏡の下に留めつけられているみたい！」

彼は体の隅々からかき集めたようなため息をついた。「わかった」腹立たしげに言った。「ぼくはあとにする。後生だから食べてくれ、サマンサ」

言い捨てると、大股でキッチンを出ていった。サマンサは彼を追い出したようで気がとがめ、しょんぼり肩を落とした。食べた——というより無理やりつめ込んだ。コーヒーを飲み終えると、立ち上がってコーヒーをいれ直し、改めてトーストを焼いた。トレーにのせ、勇気を出すために深呼吸を一つしてからアンドレを捜しに行った。

彼は思ったより簡単に見つかった。怒って何かつぶやいている声をたどると、彼が美しく飾られた書斎で机を前に座っていた。壁一面が、家と同じくらい古びて見える真鍮《しんちゅう》の格子つきの書棚になっている。彼は電話で話していたが、サマンサが入ってくるのが見えたとたんに話をやめて受話器を置いた。

「和解の贈り物よ」サマンサはおずおずとほほ笑んでトレーを机にのせた。「キッチンではあんな……あんなことを言ってごめんなさい」

「ぼくのせいだ」アンドレも即座に謝った。

「いいえ」彼の寛大な言葉をさえぎった。「わたしが悪かったの。実はまだ……神経質になってて」

「コーヒーを注いでくれないか」

サマンサは考えていた言い訳をあっさり無視されてむっとした。言われたとおりコーヒーを注ぎ、黙ってカップを手渡した。彼は例の不機嫌な目つきでちらりと一瞥《いちべつ》しただけで、礼も言わずに受け取った。

「気むずかしいのね、シニョール・ヴィスコンテ」サマンサはそっけなく言って出ていこうとした。

「シニョーラ・ヴィスコンテ、きみほど予測のつかない女は知らないよ」彼は言い返した。

「褒めてるの、それともけなしてるのかしら?」声に出して思案した。

アンドレは噴き出した。「褒めてるに決まってるさ。ああ、行かないでくれ」彼女が出ていこうとすると言葉を継いだ。そのかすれた温かな声音にぞくっとして、サマンサは用心深く立ち止まった。

今度は何? 万一に備えて彼女は身がまえた。

「和解の贈り物を食べ終わるまで二分間待ってくれないか。そうしたら、家の中を改めて案内するよ。きみが見たいなら」

彼がためらいがちに言った〝きみが見たいなら〟という言葉がサマンサの警戒を再びゆるめた。彼女はうなずいて承知した。電話が鳴り、アンドレが応《こた》えた。そのおかげでその後の数秒間の気まずさからは救われた。サマンサはぶらぶら歩き回って真鍮の格子の内側をのぞき、手が届かないように安全に囲ってある、値のつかないほど貴重な初版本のコレクションを眺めた。

「こんな本を読んだ人がいるの？」電話が終わると、アンドレにたずねた。

「ぼくが生まれてからは知らないな」もったいぶって言った。「これはイタリア系の祖父のものだった。ここはその祖父の母親の家で、曾祖母《そうそぼ》はイギリス人だった。ぼくの血統はまさに文化のるつぼだな」

正真正銘の雑種ってわけね――サマンサはひそかにほほ笑んだ。「博物館に収めるべきだわ」

「本のことかい、それともぼくの家族のこと？」

「本のことよ」サマンサは笑い出し、振り向いて笑顔をアンドレに向けた。

彼はサマンサがはじめて笑顔で応えたのに気づいて目を丸くした。サマンサはそれを見て動悸《どうき》が速まり、頭に血がのぼった。やがて彼は長いまつげでまばたきしてもとに戻り、それと同時にサマンサの動悸も静まり、興奮も消えた。

「あの書物はこの家に置いておくべきだ」さっきの刺激的な瞬間など存在しなかったように話を続けた。「ぼくはあの書物の番人にすぎない。フランスのものでなければいっさい敬意を払わなかったフランス人の母でさえ、あの書物には指一本触れなかった」

「なんだか皮肉な言い方ね。でもお母様はアメリカに住んでいたイタリア人と結婚したんでしょう？お父様を熱烈に愛してたに違いないわ」

「それは母の最初の結婚だ。母は父が死んだ翌年に再婚した。相手は同じフランス人だったよ」

サマンサは眉をひそめた。「でも、あなたはフィラデルフィアで育ったって聞いたけど」

「それは母でなく父が決めたことだ。父には金があり、したがって力もあった――墓に入ったあとも」

不意にはっきりと皮肉った。「金を手放したくなければ、母は金の出どころである唯一の相続人のぼくを手元に置くことに同意するしかなかったのさ」

「お母様とはうまくいってなかったのね」サマンサはそっとつぶやいた。

「それは誤解だ」アンドレは冷ややかに言った。「ぼくは母を慕っていた。母とラ――」

唐突に言葉をのみ込み、きっと唇を結んだ。またしても張りつめた沈黙が垂れこめた。

電話のベルが大きく鳴り響き、二人は文字どおり飛び上がった。アンドレが受話器を引ったくった。

「どうした?」鋭く言って、渋い顔で腰を下ろした。

サマンサはさっきの話を思い返し、彼が突然黙り込んだ理由を探した。書物のこと? 母親かしら? 言いかけてやめたのは継父の名前だろうか?

「今すぐ?」彼は鋭くきいた。「わかった。それはすばらしいよ」彼は立ち上がった。「いや、今でもかまわない。着替えたらすぐに行く」

電話は切れた。

「出かけなくてはならない」彼はサマンサに告げた。「すまないが一人で家の中を見てくれるかい?」

「もちろん、いいわよ」

「ありがとう。そんなに遅くはならないつもりだ」すたすたとドアへ向かった。

彼がさっさと出ていったので、サマンサはいささかむっとした。わたしから離れる口実ができてほっとしたみたい。

いいえ、違うわ。サマンサは自分をたしなめた。彼は重要人物で大企業の経営者なのだ。客観的に考えれば、仕事を優先して当然だわ。

それにしても、彼がトーストとコーヒーを置いて出ていくはめになったのは、今朝はこれで二度目だ。彼女はため息をついてトレーを取り上げ、またキッチンへ運んだ――これじゃまるで妻みたい。正当に認められずに、片隅へ押しやられた妻。

「ちょっと気になって……」背後で彼の声がした。「ここで待っているだろう？　出ていったりしないね、ぼくがその……」

「見張っていなくても？」サマンサは彼に代わって最後まで言い、振り向いて彼をにらみつけた。

だがグレーのスーツに白いシャツを着て、ブルーのシルクのネクタイをした彼を見ると、怒りはすうっと消えた。五分とたたない気がするのに、彼は家庭での無頓着《むとんちゃく》な男から、シティーで働くきりっとした男に変身していた――ハンサムで冷ややかで、たくましくて、セクシーで……。

「今きみを一人にするのはまずいかなと思ったんだ」彼は釈明した。

サマンサの表情が険しくなった。「さっさと会議へ出かけたらどう？　わたしはばかではないし、ばかなまねをするつもりもないわ」

アンドレは嘲《あざけ》るようにゆっくりと言った。「それは、また新たな口喧嘩《げんか》が始まらないうちにこの場を離れろっていう、何よりも明確な合図だな」

彼は出ていこうとした。サマンサの瞳に辛《つら》そうな色が浮かんだ。「わたしたちって、以前もこんなふうだったの？」くぐもった声できいた。

「ああ」彼は認めた。「愛を交わしながらも争っていたよ。言いたい放題に際限なく」

彼は唇を歪《ゆが》め、サマンサは憮然《ぶぜん》とした。「だったら、二人の結婚生活が一年ともたなかったのも当然ね」彼が答えようとしてためらったのを見て、サマンサも彼と同じく話にけりをつけるときだと判断した。「じゃ、またあとでね」そう言って背を向けた。

彼が出ていくとサマンサはほっとした。これで彼に絶えず監視されることなく、家の中を歩き回れる。彼はサマンサの見るものすべてが記憶の水門を開く魔法の鍵《かぎ》となるのを期待しているようだが……。

家は魔法の鍵とはならなかった。部屋から部屋へと歩き回って知ったのは、彼の母親のすばらしい審美眼と古典様式への造詣《ぞうけい》の深さだけだった。一巡してもとの部屋へ戻るころには、昨日この家へ入るときなぜあんなにおびえたのか不思議に思えた。

恐ろしい印象や不吉な印象はいっさい受けなかった――二階の一部屋を除いて。その部屋を開けようとして鍵がかかっているのを知ったときは不安を覚えた。居間でくるみ材のたたみ込み式の蓋《ふた》つき机を見つけたときは、久しく会わなかった旧友に再会したように思わずそっとなでさすった。

サマンサは小さく吐息をつき、ふと電話をかけようと思いついた。受話器を取ってトレマウントのカーラを呼び出した。連絡すると約束していたし、今は無性に友達の声が聞きたかった。遠くからカーラのなつかしくやさしい声が聞こえた。

だが、会話は楽しいものにはならなかった。

11

帰宅したアンドレは玄関先で足を止め、家の中の気配に耳を澄ませた。何も聞こえない。サマンサを捜し回ったがどこにもいないので不安になり、ふと以前彼女がよくいた場所を思い出した。

案の定、ガラスのドームをかぶせたプールへ出るドアを抜けると、鮮やかに水を切って泳ぐサマンサが見えた。まるで人魚だ。昔からそうだった。暇さえあればどこででもプールを見つけて飛び込んだっけ。彼はサマンサが戻ってきた事実をかみしめて喜びが込み上げ、胸がいっぱいになった。

彼は思わず下着一枚になってプールへ飛び込み一緒に泳ごうとした。が、彼女には迷惑だと気づいて苦笑した。今は本能的行動はできる限り慎むべきだ。

おそらく今プールで泳いでいるのは現在のサマンサだろう。彼女が現在と過去の間をしばしば行き来しているのを自覚しているとは思えない。今朝ぼくの好みを確かめないでコーヒーに砂糖を入れるまでは、ぼくも気づかなかった。カップを押しやられてはじめて、ぼくと再会した瞬間からサマンサの心の中でどんな事態が起きていたかを悟ったのだ。

例えばトレマウントからエクセターへの道中でも、サマンサはぼくのそばを一度も離れなかったように話しかけてきた。アンドレはああだとか、アンドレはこうだとか。あのときは、ぼくを他人と思っているくせに、気安くぼくの名前を口にするのを聞いて頭にきた。愛撫《あいぶ》やキスや愛のいとなみの最中も——彼は改めて数え立て、はっと思い当たってぎくりとした。あのとき彼女は正気でぼくを覚えていたし、ごく自然に以前のサマンサにすんなり移行していた。

とすると、今プールで泳いでいるのは古いサマンサか新しいサマンサか、どっちだろう？　くそ、知るもんか。だが危険を冒して、サマンサが水深の深いプールの真ん中でまたぞろ気を失うようなはめになるのはごめんだ。

彼は気づかれないうちにそっと立ち去ろうとして向きを変えた……いや、嘲《あざけ》るような声が彼を引き留めなかったらそうしていただろう。

「あら」気取った声が聞こえた。「ひょっとして、実業界の大物が忙しいスケジュールの合間を割いて立ち寄ってくださったとか？」

彼は緊張して鳥肌が立った。どっちのサマンサであろうと、あの口ぶりでは腹を立てているに違いない。振り向くと、プールの真ん中で立ち泳ぎをしていた。「今の言葉には何か意味があるのか？」

「あるわ」サマンサは答えると、優雅に背泳ぎをしながらすうっと遠ざかった。

アンドレはいまだにどっちのサマンサに話しかけているのか見当がつかないまま、プールの縁に近づいた。「なら、説明してくれ」

「あなたの生活は忙しすぎると言いたかったの」長い腕でゆったり水をかきながら言った。「こっちでホテルを買ったと思ったら、あっちでまた別のホテルを買ったり。ねえ、教えて」皮肉な声がドーム形のガラスの天井に甲高く響いた。「あなたはいつかはこれで十分と思うことがあるの？　たとえどんなに儲《もう》かりそうでも、わたしはもうこれ以上ホテルは必要ないと思うけど」

ホテルの話をしている――アンドレはぞくっと寒気がした。「プールから上がるんだ！」鋭く命じた。

「なあに？　もう一度言って」サマンサは泳ぐのをやめて彼を見つめた。

「聞こえただろう？」彼はやきもきして、警戒しながらプールの縁に沿って歩き出した。「端まで横に泳いでプールから上がるんだ！　本気で言っているんだぞ、サマンサ！」彼女がいっこうにしたがおうとしないのでもう一度警告した。「上がらないなら、飛び込んで引きずり出してやる！」

おどしを実行しようとして彼は上着を脱ぎ捨てた。

サマンサは彼があくまでも本気だと知って、プールの向こう側に泳いでいって水から体を引き上げた。体の表面を水がさあっと流れ落ち、背の高いすらりとしたニンフが現れた。真珠のような肌に薄紫色のワンピースの水着を着ている。その水着は肌を隠すよりはむしろあらわにしていた。サマンサがプールを隔ててにらみつけても、まだ彼にはどっちのサマンサかわからなかった。

「いったいどうしたっていうの？」不機嫌に問いつめた。「わたしは魚みたいに泳げるのよ！　心配してもらわなくたって――」

「泳いでいる間にまた気を失ったら？」怒鳴り返し

た。「いくら泳ぎが達者でもどうしようもない」

サマンサはほっそりした両腕を細い腰に当てた。

以前のサマンサか、今のサマンサか？　どっちのサマンサも挑むときにはあんなポーズをとる。「さっきの話題から気をそらせようとしたのね？」サマンサはなじった。「あなたがなぜそうしたいか、わたしが知らないと思ってるの？　思い直したほうがいいわ、アンドレ、うまくいきっこないもの」

アンドレ。今彼女はアンドレと言った。

「では、ホテルの話を続けさせていただくわ」サマンサは相変わらず皮肉っぽく続けた。「それから卑劣な実業家の話も。彼はホテルの経営者ばかりか従業員にまで働きかけてホテルを乗っ取ろうと――」

くそ、サマンサは自分が誰なのかちゃんとわきまえている。「ブレシンガムを乗っ取った覚えはない！」憤然と否定した。「きみの父親に働きかけたことも！　事実はその反対だ、もしきみが……」

サマンサの内部で何かが変わり、彼女はその変化を自覚した。不意に錯乱に襲われ、妙な気分に陥った。あれは思い違いだと思おうとしたが、どうしてもそうとは思えず、もっと恐ろしいことを以前にも経験したような既視感に襲われた。

「わたしが言ったのは、トレマウントとカーラのことよ」ゆっくりとつぶやいた。「実は留守の間にカーラに電話したの。カーラの話では……」

声が小さくなってとぎれ、目が虚《うつ》ろになった。父の……ブレシンガム・ホテルを……サマンサは無意識にくり返し、じっとりと湿った肌に全身鳥肌が立った。いいえ、これはカーラとトレマウント・ホテルの話だ。サマンサは思い直した。

「あ、あなたはあそこを買い取ったのね」狼狽《ろうばい》し、眉間《みけん》に皺《しわ》を寄せて続けた。「カ、カーラは、急にあなたをとびきりすてきな人だと思ったみたい。ほんの数時間前までは……」また話をやめ、まごついた様子でプールの向こう側にいるアンドレを眺めた。

彼は緊張して青ざめ、じっと立ち尽くしていた。

「す、座らなくちゃ」サマンサはプールサイドの手近な椅子までよろよろ歩き、すとんと腰を落とした。

寒い、凍りつきそうに寒い、それにどこもかしこもまともに働かないみたい。心臓も、肺も、血管の中の血液も――何もかも静止している。

「サマンサ……」アンドレの声だ。遠くから聞こえる気がする。固いタイルの床を踏む足音がどすんどすんと耳に響いた。「マイ・ダーリン、聞いてくれ……」妙にしゃがれた声で聞きづらい……。

「二階に鍵《かぎ》のかかったドアがあるのは、どうしてなの?」サマンサはたずねた。

足音が止まった。目を上げると、彼は一メートルほど向こうで立ちすくんでいる。「あそこは納戸で、ぼく個人の書類がしまってある……」

「嘘《うそ》ばっかり」サマンサは再び目をそらした。鍵をかけたのはあそこがラウールの部屋だからよ。

ラウール!

まあ、大変! サマンサはぱっと立ち上がり、その拍子に膝がぎくりと痛んで思わずたじろいだ。アンドレは大きく一歩踏み出したが、サマンサは震える手で押しとどめた。「いいえ、大丈夫。気を失ったりしないから。今はそばへ来ないで……」

言葉が出なくなり、意識が混濁した。

「大丈夫なもんか。きみは今にも――」

「思い出しそうよ」サマンサは彼に代わって言った。

ついに変化が起きた。記憶の芝生を焦がして突然めらめらと炎が上がり、いっきに火柱となって噴出した。「ああ、どうしよう」サマンサはあえいで震え出した。アンドレ、パパ、ラウール、ブレシンガム。

「アンドレ」サマンサは痛々しくつぶやいた。

そばにいたアンドレは背後からサマンサの肩にガウンを着せかけ、そのまま両手で断固としてプールの縁から彼女を離した。

今にも倒れそうだったが、彼女は気にも留めなかった。頭の中では真実の炎が火柱となって燃え盛っていた。炎は広大な空隙《くうげき》を越えて凶悪な長い舌をちろちろ伸ばしては、ほかの記憶に火をつけた。

「あなたは嘘をついたわ」彼女は小声で言った。

「そのつもりもなくうっかり嘘を言ったことはある」アンドレは低い声で認めた。

「念入りに策を弄《ろう》して騙《だま》したのね」

彼の両手にほんの少し力が加わった。「ぼくはそんな男じゃないよ」彼は否定した。「きみは事実の半分しかわかっていない。あとの半分は――」

サマンサは耳も貸さずに彼から離れ、足を引きずって居間へ通じるドアへ向かった。アンドレは押し黙ってついてきた。部屋を横切り、くるみ材の机の蓋《ふた》を開けようとした。鍵がかかっていた。

「鍵はきみがここを出るときに持っていったよ」アンドレがつぶやいた。

鍵――サマンサはかがんで机の底板を探った。そしてその中央にテープで留めてあった美しく細工した金の鍵を手にして背を起こした。それはスペアキーで、母親がその秘密の場所にキーを留めたまま、机をサマンサに遺《のこ》した。当時サマンサは十五歳で、悲しみに暮れたが、すべすべしたくるみの板に触れると母親と心が通じる気がしたものだ。今も同じようにそっとくるみの板をなでさすると、たちまちあのときの気持ちがよみがえった。

そして不意に父親を思い出すよすがになる遺品が何もないのに気づいて涙があふれた。何一つ残っていない。アンドレが残らず取り上げてしまった。

サマンサは涙をこらえ、意識を集中して美しく装飾を施した鍵穴にキーをさし込み、たたみ込み式の蓋を手前に引いた。蓋はするりと本体に収まり、そのなつかしい手ごたえに胸をつかれた。

中にはさらになつかしい品々があった。手紙やバースデーカードや写真などの貴重な思い出の品が、凝った造りの引き出しにきちんと収められていた。

けれど、なつかしくはない品もあった——本来ならそこにしまっておくべきではない写真が。見るに堪えなくて、引き出しに投げ込んで鍵をかけたのだ。

真実の炎はいちだんと明るく燃え上がり、サマンサは圧倒された。ブレシンガム、ラウール、再びブレシンガム、正面の植え込み、付属の建物……。絵葉書のような小さな情景が一つずつ彼女の頭の中へ現れてきては燃え盛る火に焼かれ、次の情景と入れ替わった。結婚式当日の自分は、白いドレスを着て笑っている。父の葬儀の日には喪服を着て悲しみに沈んでいる。文字どおり瓦礫《がれき》の山と化したホテルのロビー。仏頂面をしたアンドレ。作り笑いを浮かべたラウール。書類に入力した文字は判読できなかった……。

「わたしを騙したのね」サマンサはつぶやいた。

「いや、違う」アンドレは否定した。

「ラウールはどこにいるの?」重ねてきいた。

「オーストラリアだ」質問されると思って答えを用意していたようだ。「この一年はずっとそこに」

「彼はわたしをレイプしようとしたのよ——まさにこの家の中で」涙声で言った。「あなたは彼が逃げるのを黙認したわ」

アンドレの返事はなかった。驚くには当たらない。今朝アンドレが中途で言葉を切ったとき、彼が慕っていると言いかけたのは、継父ではなく異父弟のラウールのことだったのだ。甘やかされた弟のラウールは卑劣で抜け目がなく、ずる賢い男だった……。

また涙があふれかけた。それを懸命にこらえ、震える指で書類の束をつまみ上げた。プールを隔てて向き合ったときからアンドレの方は一度も見なかったが、今も顔をそむけたまま書類をさし出した。

「これはあなたのよ。ラウールがくれたの」

褐色の長い指が書類を受け取った。アンドレ・ヴィスコンテがブレシンガム・ホテルの所有権を完全に手中にするにいたった経緯を示す書類のコピーを、長い指がぱらぱらとめくるのを、サマンサはもの憂げに眺めた。ホテルを手中にしたその日に、彼はサマンサ・ブレシンガムと結婚したのだった。

「かなりの持参金だと思ったのね」自嘲《じちょう》するようにひきつったほほ笑みを浮かべた。「あなたにとってブレシンガムはかなり安い買い物だったわ」

「事実を完全に知るまでは、判断を下してはいけない」アンドレは厳しい声で忠告した。

「というと、ほかにもまだ何か不愉快な思い出があるってこと？　まあ、それは大変」

「不愉快な思い出ばかりとは限らないよ」

「ここにいたら、思い出すのはいやなことばかりだわ」サマンサは言い捨てて部屋を出ると、ホールを横切り階段をのぼった。

二階の踊り場を過ぎてラウールの部屋の前を通りかかった。この前このドアを入ったのは、例の書類の件で彼と話をしに行ったときだった。今はありがたいことにドアには鍵がかかっている。二度とあの部屋の敷居をまたごうとは思わない。

サマンサは寝室に閉じこもり、しばし両手で顔を覆って立ち尽くした。心はおののき、背中がぞくぞくして、頭がずきずき痛んだ。ベッドにもぐって眠りたかった。

しかしそれこそまさに、この一年の間わたしがしてきたことだ。そもそものはじめから、嘘をついてわたしを騙した男と恋に落ち、その醜い現実から逃れようとして心を閉ざしてきたのだ。

あの性急なプロポーズとあわただしい結婚式は、ホテルの経営者なら誰しもあこがれる、ブレシンガムの所有権をかすめ取るために仕組んだ口先だけの巧妙な策略だった。だけど、どうしてそんなことに？　彼女はそろそろと両手を顔から離し、別の醜い現実と向き合った。

それはブレシンガムがホテルの中でも別格だから。その点に関しては誰も異議はないだろう。古びてはいても百五十年の長きにわたって、このホテルに足を運んだ人々の心を捉《とら》え、古きよき時代の優雅さと魅力を備えているという定評を得ていた。

ブレシンガムと聞くと、世界のどこであろうと誰もが目を輝かせた。それほど名を知られ、それほど熱い思いを寄せられている別格のホテルなのだ。

だからこそステファン・リースもブレシンガムの名前を口にしたとき目を輝かせたのだし、サマンサに向かってあのホテルの話をしようとした。ホテルは最初の宿泊客にドアを開いて以来、ブレシンガム一族が所有し経営してきた。そしてサマンサは、一族のうちで現存している最後の一人だった。

だがそんなくだらない甘い感傷は、ブレシンガムをわがものとするためなら何をするのもいとわないアンドレやステファン・リースのような男とは無縁だ。彼らにとって重要なのは、このホテルに備わる二つの要因なのだ。

第一級の立地条件と、ホテルの名前。

ブレシンガムの名前を買う者が勝利者となる。だから強引にことを進めようとすれば、娘を名前もろとも買うはめに陥るのだ。そうよ、それのどこがいけないの？　わたしは若くて、美しくて、ベッドの中でもとびきりすてきだったのだから。

「ああ、いやだ、こんなわたしは大嫌い」サマンサは呻《うめ》いて、再び両手を顔に押し当てた。が、ドアにノックの音がしたのですぐにまた手を離した。吐き気がした。「どうにでもなればいいわ」悪態をつくと、こわばった脚を動かしてバスルームへ行った。

バスルームに閉じこもると、アンドレがドアの取っ手をがちゃがちゃ揺する音がした。

思い出す努力を放棄しかけたとき、頭の中に一年前のあの忌まわしい場面が再現され始めた。この同じバスルームに閉じこもってシャワーを浴びていた間に、ラウールはサマンサがアンドレと二人で使っていた寝室に忍び込みベッドに書類の束を置くと、自分の寝室へ戻ってどうなるか待ち受けたのだった。

彼がそんなことをした理由はわかっていた。その一時間前ラウールに誘惑されて、思いつく限りの冷ややかな言葉でぴしゃりとはねつけたのだった。

書類は彼の報復だった。サマンサは書類を読み、ラウールが自分とアンドレとの間に悶着《もんちゃく》を起こすためにいかに巧みに準備を重ねたかを知って胸がむかついた。偽の書類をうまく作ったわね、そう言ってやろう。彼女はラウールの寝室へ行った。

ところが、そうはいかなかった。ラウールは利口で、その夜サマンサを自分の寝室へおびき寄せる方法を的確に知っていた。彼はアンドレに似て背が高く、同じように浅黒かったが、アンドレより若く、卑劣な性格だった。

「やあ、来たな、サム」ラウールは無愛想につぶやいた。「きみが男に目がないってことはみんな知ってるよ。だが兄貴には自分の留守にきみが誰のベッドで寝てるのかわからないときてる」

「そんなの嘘よ」サマンサは言い返したが、悪意に満ちた言葉に血の気が引いた。「やめて!」彼が手を伸ばして触れようとすると、そう怒鳴ってその手をはたき落とし、あとずさりした。

ラウールはにやにやした。「ぼくたちは家族なんだぜ」嘲るようにつぶやいた。「いいかい、兄貴は家族のみんなになんでも分け与えるのが好きなのさ。そうすると気分がいいらしい。〝金が欲しいのか、ラウール? いいとも金をやろう。車が欲しいのか? いいとも、ここに小切手がある。ぼくの家で暮らしたいって？　いいとも、この家で気楽に暮らしたまえ。ぼくのものはきみのものだ〟」

「その中にわたしも含まれると思うなら、そんなずうずうしい考えは改めることね」冷ややかに言った。

「なぜきみだけ別だと思うんだ？」ラウールは嘲った。「ブレシンガムの所有権をめぐるいきさつを見れば、兄貴の計画の中できみが占めてた地位がわかるというもんだ。きみとの結婚はまさに穏健な乗っ取りだったのさ、サマンサ。付属品つきの高慢な妻、厄介な浮気女は家族の住むこの家に置いておく。好きなように利用してくれたまえってわけだ」

「ひどいことを言うのね、ラウール。ブレシンガムはわたしのものよ！」憤然とやり返した。「父の遺言でわたしが相続したわ！」

「そうだったかな？」彼は確信ありげに言った。たちまちサマンサの心に疑念が生じたほど、自信たっぷりな言い方だった。「遺言にはほんとに〝わたしはここにブレシンガム・ホテル及びこのホテルをこれまでどおり誇るに足るホテルにしておくのに十分な資金を愛娘《まなむすめ》に遺贈す〟と記してあったのか？」

ラウールはそうではなかったのを知っている——サマンサは震え出した。父の遺言には単に全財産を娘に譲ると書いてあったにすぎない。ほかのことはいっさいアンドレが取り仕切ったのだ。それが当然でしょう？　わたしは心から彼を信頼していた。父の事業のことは気にもかけなかった。それほど悲しみに打ちのめされていた。生まれてこの方わたしの師でありヒーローでもあった父を失って途方に暮れていた。父は病気だということさえわたしに知らせなかった。それほど娘を大切に思っていたのだ。

遺言には、アンドレがブレシンガムを買い取るのを許す、という条項も入っていたのかしら？

今のサマンサには、あの夜ラウールの寝室で自分がどんな顔をしたか、ありありと見える気がした。

ラウールの言い分が正しかったのかもしれない。もしかしたらわたしは取り引きの付属品だったのかも。おそらくアンドレは、父がブレシンガム・ホテルは何があってもブレシンガム一族のものにしておくと言い張ったので、仕方なくわたしと結婚したのだ。

サマンサはまたもや震え出し、シャワーの栓をひねると、ガウンを床に脱ぎ捨てて濡《ぬ》れた水着を脱いだ。これ以上何も思い出したくなかったが、理性は別の判断を下した。熱いシャワーの下に立つと、その後の恐ろしい場面が次々と頭に浮かんだ。

ラウールが手を伸ばし、サマンサがその手をぴしゃりとはねのけると、ラウールは小競り合いを楽しんでにやにやしながら言葉や素振りで嘲り、サマンサは怖くて息がつまりそうだった。彼は大柄でたくましく、とうていかなわなかった。そのあとのことは思い出すと身の毛がよだつ。ラウールのベッドで二人が格闘をしていると、アンドレが入ってきたのだ。

ここまで思い出せば十分だ。サマンサはぞくっと身震いした。今するべきことはここを逃げ出すこと――今すぐ。突然恐怖がわき上がり、そう決断すると、すばやくシャワーから出た。頭を冷やして考える時間と場所が必要だ。

アンドレは階段を下りてくるサマンサを見て、新たな難題を抱えたのを悟った。彼はホールで待つ間、サマンサが冷酷な仮面をかぶってくるだろうことを半ば予期していた。しかし、なお悪かった。彼女は真っ黒な喪服を着て、トレマウントから持ってきたあのいまいましいスーツケースを下げていた。

彼女は二人の結婚を葬り去るつもりなのだ。

「どこかへ行くのかい?」彼は穏やかにきいた。

サマンサは答えようともしない。目もくれずに彼の前をまっすぐ通りすぎようとした。まるでそこにアンドレがいないかのように。

彼の手がすっと伸びて、彼女からスーツケースをもぎ取った。サマンサははっと息をのんで足を止めた。彼女の虚ろな瞳が怒りに燃えるのを見て、アンドレは満足した。「話がある」

「いいえ」彼女は拒否した。「話したいことは何もないわ」そのまま歩き続けた。スーツケースを持たずに、頭をしゃんと上げ、背筋を伸ばして。ただし足を引きずっているので、冷ややかで威厳のある態度とはいえなかった。アンドレは話し合おうと断固として決意した。サマンサに話をさせるのだ！

「自分の出番が終わると、あの場面でもっと別の演技をしたかったと思うものだっていう、あの古いことわざを聞いたことはないかい？」背後から落ちつき払って声をかけた。「そう、きみにとっては今がそのチャンスなんだ、ダーリン。もう一度同じ場面を演じられる貴重なチャンスを逃すべきではないよ」サマンサが立ち止まるのを見て、アンドレは一瞬、勝利感を覚えた。

「今は話せないわ」ぎくしゃくと答えた。「それには時間が必要なの――」

アンドレは不機嫌な顔でさえぎった。「きみはすでに一年もの時間をむだにしたんだ」

「いいわ！」サマンサは突然彼に向き直った。彼は自分が仕向けておきながら、サマンサがすぐに自分の言葉を受け入れたことに驚いた。「あなたもお芝居がしたいわけ？」サマンサは問いつめた。「それなら、やり直しましょうよ！」

ついさっきは冷ややかに見えたのに、彼女は今は怒りに燃えていた。まるで憎しみで彼の皮膚を焦がすかのように。

「あの夜あなたは部屋に入ってきて、何が起きているか見て取ると、即座にわたしを非難したわ」

「あれはラウールの部屋なんだぞ！」アンドレは反

撃した。「きみたちがもつれ合っていたのは彼のベッドだ！　それが証拠だよ、サマンサ。ぼくのベッドで、ぼくがほかの女と寝ていたらどう思う？」

「それは話が違うわ」彼女は首を振った。「別の話を持ち出して責任を転嫁しようとしてもだめよ。あなたはあの場にいて自分の目で見ていながらあんな結論を引き出して……あなたに助けてほしかったのに！」すすり泣いた。「売女《ばいた》呼ばわりするなんて！」

真実を知ってはっとし、彼は蒼白《そうはく》になった。が、サマンサはもっと青ざめていた。「あのときはとっさのことで」彼は弁明した。「面食らっていた」

サマンサは表情も変えなかった。「ラウールに聞いたけど、あなたの留守中わたしが誰のベッドにいるかわかるもんかってあなたは言ったそうね。わたしは信じなかったけど、本当にそう思ってたのね」

「いや、違うよ」彼は否定したものの、サマンサの目をまともに見られなかった。自分ながら愛想が尽きるが、彼女がほかの男に興味を持っているのではないかと疑っていたのだ。

バージンと結婚して落ちついてみたら、手に入れた妻は軽薄な浮気女とわかって、妻が本能の赴くままにほかの男と寝てみないとは限らないという疑念を捨てきれなかった。

「何もあんなふうに出ていかなくたっていいじゃないか」思わずがなり立てたものの、自分の耳にもその反論は根拠が薄く聞こえた。

サマンサはさっと軽蔑《けいべつ》のまなざしを投げた。「ほかにどうしたらよかったの？　あなたはラウールを追い出して、わたしの心を粉々に砕いておいて乱暴にドアを閉めて出ていったのよ！　ぐずぐずその場に居残って、二人のどっちが先に戻ってきてあとの始末をつけるのか、見定めればよかったというの？　出ていくしかなかったわ」声が甲高くなった。「正気な女ならそうするに決まってるでしょう？」

「ぼくはブレシンガムへ行ったんだ。あの夜はきみのお父さんのオフィスだった部屋で酔いつぶれた。明け方近くにようやく、ことをややこしくしたのは自分だと悟って戻ってきた。そしたらきみはもう荷物をまとめて出ていったあとだった。ラウールも」

サマンサは苦笑して口をはさんだ。「それを見て、どんな結論を引き出したことやら。わたしを見つけるのに一年もかかったのも無理はないわ」

「そんなんじゃないんだ――」彼は嘆息した。

「知りたくないわ」サマンサは頑として背を向け、再びドアへ向かった。

「デボン」これが彼女を引き留める最後の藁《わら》だ。「なぜデボンへ行くことにした?」

「幸せな子供時代の思い出の場所だからよ」サマンサは振り向きもしないで、あっさりと言った。「いつもあそこで休暇を過ごしたの。こともあろうにトレマウント・ホテルに滞在して」皮肉を込めて重苦しくつけ加えた。「だから、あそこで働くのがあんなに居心地よかったのかも……。あなたはあそこを買収したそうね。カーラはあなたのことをすてきだと思っているし、誰も彼も満足してるわ」

「きみを除いては」彼はかすれた声で言った。

「ええ、わたしのほかは」

「きみはなぜ不満なんだ?」顔をしかめてきいた。「きみのために買ったとわかってくれると思った」

サマンサは振り向いて彼を見た。「ブレシンガムを買ったときみたいに?」ため息をつくと、寒々しく微笑して、また背を向けた。今度こそ出ていく気だ、と彼にもわかった。

挫折《ざせつ》感がアンドレを押しつぶした。問題は何一つ解決していない。サマンサはぼくを憎んでいる。それを阻む手立てはない。今出ていってしまえば、それでおしまいだ。

「死刑囚でさえ今際《いまわ》の際には自分のために弁じるこ

とを許されるそうだ、ダーリン……」

彼はその場を動かず、サマンサがどうするか待ち受けた。彼女はそっと手を上げて右のこめかみに触れた。不安になったときの仕草だ。

「ここにいるのは耐えられないの」サマンサは不安げにささやいた。

「よし」アンドレは即座に応じた。「なら、どこかへ行こう」

だが彼が一歩踏み出したとたんに、サマンサははっきりと言った。「一人でいたいの」

「それはだめだ」彼は断固として言い張った。ほかのときなら、彼女を抱いて感覚を失わせるまでキスをするところだ。キスをするのがよい反応を引き出す確実な手段であるのは疑いないのだから。

だがその手はすでに使ってしまった。今は別の演技が必要だ。アンドレは重い吐息をつき、サマンサの抵抗を無視して自分の方を向かせた。

「きみは自分がどんなに疲れて見えるかわかってるかい？」やさしく言った。「ほんの一瞬でも気が遠くなったら、走っている車に轢《ひ》かれちまうんだぞ。頼む、どうかぼくも一緒に連れていってくれ……」

懇願したせいか、握りしめた手の感触か、彼女を丸ごとのみ込みそうなまなざしのせいかはわからないが、サマンサは悲しげな吐息をついて降参した。

「一緒に来たいのならどうぞ」サマンサは抵抗をやめ、彼の手を離して歩き出した。

アンドレはすぐに追いついて、玄関のドアを開けた。日の光がさっとさし込んだ。サマンサは表に出て、彼がドアを閉めるのを待った。

「どこへ行くんだ？」アンドレは寄り添ってきいた。

「あの……ブレシンガムへ」ぎくしゃくと答えた。

「あ、あなたがあのホテルをどんなふうに変えたか見なくちゃ……」

12

新しくなってるわ。だけど……」

サマンサは目にした光景に心から感激した。実際、信じられない思いだった。この前ここに立ったとき、辺り一帯は建設用地と化していた。父親の埋葬後まだ間がなく、一つの時代の終焉《しゅうえん》を感じた。

今はすべてがあるべき場所に戻っている。同じ外観、同じ匂《にお》い、何世紀も前に伐採されて以来蜜蝋《みつろう》を幾重にも塗り重ねた、あの樫材の持つ年代を経た趣――わたし自身も何度も蜜蝋を塗ったものだ。中二階の食堂へとゆるやかにのぼる、ゆったりした階段まで昔のままだ。この前来たときは、巨大な醜い穴がぱっくりと開いていたっけ。

サマンサは自分の意思より強い力に引かれ、久しく会わなかった友人に触れるように、黒光りのする木の手すりを指でたどりながら階段を二、三段のぼった。そこで振り向き、全体を見渡した。

サマンサはこのホテルで生まれ、ここで暮らし、

サマンサはガラスをはめた重い樫《かし》のドアを入ったとたんにまた涙があふれかけた。アンドレはかたわらでサマンサの最初の反応を見ていた。

「完成したのね」小声で言った。

「最大の難関である、きみのチェックはまだ終わっていないよ」ちらりと微笑して、ロビーの中央に進んだサマンサのあとを追った。彼女はその場でゆっくり一回りした。心から愛したものが細部まで残らず再現されていた。

「何一つ変わっていないわ」サマンサのうっとりした声音がまた彼のからかうような微笑を誘った。

「すてきだわ」サマンサは認めた。「どこもかしこも

お皿を落とさずに運べる年になって以来ここで働いてきた。彼女の魂はこの偉大な古い建物に住みついていたのだ。彼女の生家の姓はドアの上に掲げてある。人目につかない隅っこや割れ目まで残らず知っていたし、材木も一本残らず、また壺《つぼ》や装飾品や壁にかかった金の額縁入りの絵画もすべて知っている。

何もかもあるべきところに戻っている。

「で……どう思う?」アンドレがせっついた。

赤ちゃんを産んだばかりの母親にわが子について感想を求めているみたい。「まったく……申し分ないわ」サマンサはささやいた。

実際は、いろいろと変わった点があるのを見逃すほど感傷にふけっていたわけではなかった。五センチもの厚みのある衛生設備のレポートの重みから判断しても、この外装の裏側で、ホテルの設備が実際はすべていったん壊された上で再建されたことは承知していた。

「信じられないわ」

「なぜ? きみが目を離したとたんに、ぼくがヴィスコンテの刻印を押したとでも思ったのかい?」

その言葉を聞いて、サマンサはここに着いて以来はじめてアンドレに目を向けた。アンドレはさっきいた場所から動かずに立っていた——細身の体に極上のスーツを着て、けだるそうに皮肉っぽいほほ笑みを浮かべている。

彼女の表情が硬くなった。「あなたがここをだいなしにする気だったら、むしろわたしが自分の手で壊したわ」彼の冷笑が消えて渋い顔に変わるのを見て、サマンサは再び目をそらした。「わたしが——出ていったあと、誰がプロジェクトを引き継いだの?」一瞬ためらってたずねた。

アンドレはサマンサに近づいた。「実は一時はすべて中断することになった。だが、そのあと工事を請け負った業者に続けさせろとせっつかれて……」

肩をすくめて周囲を見回した。「まずは見事な仕上がりだ。きみが喜んでくれれば嬉《うれ》しいよ」

「ほかのところもうまく仕上がったの？」

「自分の目で判断してもらおう」

「まださっきの質問に答えてないわ」同じ高さまで階段をのぼってきたアンドレに言った。

「どの質問だっけ？」彼は戸惑ってきいた。

「わたしが出ていったあと、あのプロジェクトを引き継いだ人のこと」

「引き継ぐ資格のある人物は一人しかいないよ」アンドレが照れ笑いをしながらもったいぶって言ったので、サマンサは驚いて目を見張った。

「というと――あなたが？」

「そんなにびっくりするなよ。仕事に忙殺されてるやり手の大物にだって、人生のささやかな楽しみがないわけじゃないさ。さあ、あの有名なブレシンガムの食堂がどうなったか見てくれたまえ」

サマンサの腰に軽く手を添え、階段をのぼるように促した。サマンサが背中を反らせて彼の熱い指から腰を遠ざけると、彼は黙って手を放した。階段をのぼりながらサマンサはまだ体がうずいていた。

ここも何も変わっていない。階段をのぼりつめて足を止め、この建物で随一の美しい部屋にうっとり見入った。わたしの人生はブレシンガムのこの部屋で始まった――思い出して胸が痛んだ。会話のざわめきが食器に触れる銀のナイフやフォークの音に交じり、客は居心地のよい椅子にくつろいで、天才的な料理の手品師がしつらえた食事を楽しんでいた。あれはみんな、天井からつり下げた立派なクリスタルのシャンデリアの下での光景だった。そのシャンデリアは今、もとの美しい輝きを取り戻していた。

片隅には今も古いグランドピアノが置かれ、壁は昔と同じ温かみのあるれんが色に塗られている。あとはテーブルクロスをかけるだけ。サマンサは給仕長の机のわきでロマンチックなディナーの席につくのを待っている気分になりかけた。

愛する男性と一緒に……。

「ぼくたちはここではじめて出会ったんだ」アンドレがつぶやいた。それを聞いて、彼もやはり同じ場面を思い出していたのを知った。「夕食に来たら、きみが給仕長を務めてて……」

席次表から目を上げると、見たこともないゴージャスな男と目が合った――サマンサは記憶をたどった。黒のシルクのタキシードを着て、息をのむほど洗練され、上品で穏やかに見えた。すてきな笑顔でにっこり笑いかけ、長い指でわたしの黒い蝶《ちょう》ネクタイに触れて言った。〝ちゃんと結んで……〟

「きみを見て息が止まったよ」アンドレが続けた。「何か言おうとしたが、くだらないことしか思いつかなくて〝ちゃんと〟とかなんとか言って、きみの蝶ネクタイに触れて……」

サマンサは込み上げる感情をぐっとのみ下した。アンドレもやはりぐっと唾《つば》をのんだ。

「指を引っ込める拍子にうっかりあごをかすったら、天国に指を触れたような気がして……」

「やめて」サマンサは取り乱してつぶやいた。

「どうして？　冷酷で卑劣な大物は感傷にふけることも許されないのか？」

「そのことは話したくないの」辛《つら》そうに答えた。

「では、こうしよう」彼女が文句を言おうとしてあえぐうちに、両手を腰に回して楽々と持ち上げ、給仕長の古風な机の後ろに立たせた。

サマンサは頭にきて抗議しようとした。だが、人生でもめったにない大切な瞬間が再現されたのに気づいて言葉が喉につかえた。

「そうだ」アンドレはうなった。「あの晩きみは、今みたいにびっくりして目を丸くした。誰を見ていたのか、ダーリン、覚えておきたまえ！」彼があごの下に指を当てると、そこだけが熱くなったように感じた。「きみに一目惚《ぼ》れしたのはこのぼくだってことも。見事な髪、すばらしい瞳、見たこともないほどすべすべした肌。ぼくは一目で真っ逆さまに恋に落ち、きみを傷つけるくらいなら自分の喉をかき切ったほうがましだと思った」

彼は怒っている——ものすごく。サマンサは遅まきながら悟った。深く隠されていた辛辣《しんらつ》な嘲《あざけ》りと憤怒《ふんぬ》が、黒ダイヤのように冷たい瞳から今吐き出されていた。

「それなら、なぜあんなことを？」サマンサはすぐにきき返した。その瞳は彼の瞳よりなおいっそう険悪だった。頭をぐいと反らして彼の指をあごから離した。「わたしは細胞の一つ一つまで残らずすべてあなたにさし出したわ。なのにあなたはそれをわたしの顔に投げ返したのよ！　あれは恋じゃないわ、アンドレ！　よくも恋だなんて呼べたものね！」

「きみが言うのはラウールとの一件か？　それともブレシンガムのことかい？」彼も怒鳴った。

「両方だわ、どっちもよ！」

階下のどこかでドアが開いた。アンドレが攻撃を察知した蛇さながら身がまえたとき、つなぎの作業着を着た女性がロビーを横切ってフロントのわきのドアへ姿を消した。

「あれは誰？」サマンサが不安そうにきいた。

「清掃係だ」さっと視線をサマンサに戻したが、その瞳には邪魔が入って話が中断された苛立《いらだ》ちが燃えていた。「その辺りにわんさといるはずだよ」ため息をついてきいた。「今度はどこへ行くんだい？」

サマンサはさっきの言い争いのせいでまだ震えていた。「どこでも。あ、あなたが決めて」

だがアンドレは、自分で決めたくなかった。サマンサの肩をつかんで揺さぶり、分別を教えてやりたい！「わからないのか？　ぼくがこのホテルで何をしようとしたか？」かっとして怒鳴った。

「父と交わした契約を守ろうとしたのね」

アンドレはいらいらして吐息をついた。「今すぐにでもキスしてきみの閉ざされた心を開いてやる」

「心はもう開いているわ」

アンドレの視線に、サマンサはすべてを剝《は》ぎ取られた気がした。「いや、開いてはいない」彼はサマンサを置き去りにして出ていこうとした。

彼が去ろうとするのを見て、サマンサは一瞬恐怖を感じた。いや！　行かないで！　わたしを見捨てないで！　あなたが私に果たした役割はどれも正しかったと認めるためにも、今あなたが必要なの。

アンドレは立ち止まった。サマンサは息を凝らした。わたしは実際に声に出して叫んだのだろうか？

彼は振り向いて、そっけない視線をちらっと投げかけた。「きみも来るかい？」

サマンサは心臓がどきんとして安堵《あんど》が体じゅうを走り抜けたが、心のどこかでは傲然《ごうぜん》と彼を無視して一人残りたい気もした。「え、ええ、行くわ」

答えて給仕長の机を離れた。アンドレは背を向けてまた歩き出した。サマンサはあとを追いながら、今はアンドレが主導権を握っているのを悟った。

「ど、どこへ行こうかしら？」おそるおそる主導権を取り戻そうと試みた。

返事を聞いて、彼女は取り戻せないのを悟った。

「どこか……もっと冷静に話ができるところへ」

しかしこの建物の中にそんな場所は存在しなかった。父親のオフィスだった部屋に入ったとたんにサマンサの顔色が変わったのを見て、アンドレは自分の間違いに気づいた。今ここへ来るべきではなかった——思い出が彼女を包み込むのを見守りながら、彼は思案した。二人のまわりで渦巻いている問題を徹底的に調べるのは、彼女がすっかり回復するまで待つべきだった。

くそ、アンドレはひそかに悪態をついた。真実の全貌《ぜんぼう》を知らせないで、どうやって回復を助けてやれる？　アンドレは迷いを振り切り、酒の置かれている棚に歩み寄った。トーマス・ブレシンガムが酒をそこにひそかにしまっていたことは、彼を知る人なら誰もが知っていた。

「この部屋はどこか手を加えたの？」

サマンサの声は涙をこらえているせいでくぐもって聞こえた。彼は眉をひそめて、グラスにウイスキーを少し注《つ》いだ。「保健所の基準を満たすため以外は何も」どうしても必要でない限り、手を加えてはいけないと自ら厳命したことは言いそびれた。

おかしな話だが、それはサマンサの気持ちに配慮したというよりは、自分のために命じたのだった。一流のホテルを数多く所有しているアンドレにとっても、ブレシンガムは別格だった――トーマス・ブレシンガムが並はずれてすばらしい人物だったのと同様に。このごたごたした、きわめて男っぽいオフィスの壁の内側には、岳父を別格たらしめていた何かが残されていた。これといってはっきり指摘はできないものの、この部屋に入ると必ずそれを感じた。

振り返ると、サマンサが終生の恋人に触れるようにいとおしげに家具に触れて回っていた。敏感な妻は今いっそう強くそれを感じているに違いない。

サマンサもまたこのホテルの一部だ。ブレシンガム家の一員であり、代々続いたブレシンガム家の最後の末裔《まつえい》なのだ。

「きみのお父さんの話をしよう」

彼女の瞳が明るくなったと思うと、またすぐに陰った。「父はこの部屋を愛していたわ」

彼は眉をひそめ、そっと深呼吸をして、それからすべてを吐き出した。「お父さんはきみを本当に愛していたよ、ダーリン」

たとえアンドレが父親を痛烈に非難しても、サマンサはこれほど傷つかなかっただろう。「娘が惚れた男を買収するためなら、このホテルを譲ることも辞さなかったから？」痛々しい声で言った。

彼はグラスを置いてさっと彼女のそばに行った。サマンサはそれを見て、胸の奥深くまで息を吸い込んだ。両方の肩をつかまれた。熱が走り抜け、体に火がついた。彼は怒りの表情で目をぎらつかせ、彼女を軽く揺さぶって自分の話を聞くように強要した。

サマンサは拒もうとした。まだ聞かないうちから、これから聞かされる話は何がなんでも拒否しなくてはならないとわかっていた。彼が話そうとして口を開くと、彼女は話をやめさせたいばかりに、自分の唇をぴたりと押しつけて彼の口をふさごうとした。

そのとき彼が話し始めた。その声には誠実さがはっきり感じられた。「お父さんはぼくを買収しようとしてこのホテルを譲ったのではないよ、サマンサ」きっぱりと告げた。「破産したから譲ったんだ」

彼は黙り込んだ。それ以上何も言わなかった。しかし彼のまなざしは信じろと語り、沈黙が受け入れろと語っていた。

「違うわ」息をつまらせ、彼女はどちらも拒否した。

「そうなんだよ」アンドレは言い張った。声を荒らげることなく穏やかに言われて、サマンサはそれが真実であるのを悟った。「お父さんは自分の病気のことも、無一文だということも知っていたし、何百万もかけて現行の基準に合うように衛生設備を改善しない限りホテルを閉鎖するという、保健所の通達も承知していた。となると、大金持ちで娘にべた惚れの将来の義理の息子のほかに、改築費を負担させる適当な人物がいると思うかい？」

彼の口調は少し皮肉に聞こえた。サマンサは真実を知ったショックで瞳孔《どうこう》が縮まり、瞳には濃い緑の円い虹彩《こうさい》だけが残った。「わたしがあなたの好意につけ込んだと思ってるのね！」

アンドレは声をあげて笑った。「ぼくはそれほど自尊心のない男じゃないよ」言い返すと、背を向けてウイスキーのグラスを手に取った。しかし、唇にグラスを持っていく彼の手は震えていた。

「信じられないわ。あなたはわたしを信頼してないもの。あの夜だって、わたしの言い分を信じないでラウールの言葉を信じたじゃない！」

「別の問題に移らないで、一つの問題に的を絞ろうじゃないか」彼はすばやくさえぎった。

「それ以上一口でもお酒を飲んだら、アンドレ、家に帰るのにわたしが運転するはめになるわ！」

アンドレは憤然と向き直った。「二人で一緒に帰るなんて、誰が言った？」

サマンサは心の底から震え上がった。心細くて、手近な椅子にふらふらとへたり込んだ。辺りの空気は緊迫して脈打ち、突然の沈黙の中で怒りがわき上がった。アンドレはグラスを置いた。サマンサは震える指で額を押さえた。頭の中では今も、ごた交ぜになった記憶をきちんと整理しようとあがいていた。

「それなら、ブレシンガムの件をすっかり説明して」サマンサは促した。言われたとおり一つの問題に的を絞るのはむずかしかった。二つは同じ問題の両面のように合わさり、切り離せない。

彼は鋭く吐息をついた。机の端に腰をのせて両手をポケットに突っ込み、もう一度吐息をつく。

「お父さんは自分の病気を知っていた。金が必要だった。それで、当然ぼくに相談した」彼の声から鋭さが消え重苦しさだけが残った。「ぼくは金を出して苦境から助け出すと申し出た――付帯条件なしで。だが、お父さんはその申し出を受けるにはあまりにもプライドが高かった。そこでまあまあ我慢できる代わりの案を考えついた。ホテルの営業を続けるのに必要な改築はぼくが手がける約束でホテルをぼくに譲る、という案だ。そして、この件はいっさいきみには知らせないこと――」

「どうして?」

「なぜだと思う?」アンドレはため息をついた。

「大切な娘に心配させてはいけない。結婚式が近づいている。娘は王子様を見つけたのだから……」

「わたしを侮辱する言葉を吐いたら、何か投げつけるわよ」サマンサが口をはさんだ。

「以前のきみならさっさとそうしただろうよ」

だが以前のサマンサはデボンの路上で死んでしまった。彼女はぼんやりと考えた。そして、新しいサマンサはその残骸《ざんがい》から徐々に生き返ろうとしていまだにあがいている。「どうぞ、話を続けて」

「もうあまり話すことはない」アンドレは肩をすくめてつぶやいた。「言われたとおりにすることで合意した。だがぼくにもプライドがあるから、きみと正式に夫婦になるまではホテルの所有権を譲り受けるのを断った。だから、きみが見せられた書類には結婚式の日の日付が記してあったわけだ。それでぼくのしたことも少しは許されるかと思って」

「二人の結婚は最初から嘘《うそ》で固められていたのね」

「すまなかった」彼は謝った。

「父もあなたも不快な事実からわたしを守らなくてはと思ったほど、そんなにわたしは弱々しくて哀れを誘う娘に見えたの?」

「あれは契約だ」彼は目をそらせた。「面目にかけても破ることはできなかった」

「なのに、あなたは名誉にかけてわたしと交わした誓いは破ったのよ」サマンサは決めつけ、父親との契約に彼女もかかわっていたのではないかとアンドレが疑っていたのを思い出した。

表に出ない共同謀議――サマンサは侘《わび》しく微笑した。遺言でさえ慎重に言葉を選んで、持っているものはすべて娘に遺《のこ》すと、たった一行記されていた。細かい点はアンドレが処理した。わたしは彼に質問しようとも思わなかった。多分彼は、それもわたしが謀議に加わった新たな証拠とみなしただろう。

ああ、蜘蛛《くも》の巣みたいにこんがらがっている。サマンサは立ち上がった。「それじゃあ」かすれた声で言った。「そろそろ行こうかしら」

「行くって、どこへ？」

「うちへ帰るの。荷物をまとめに」荷物をまとめて、今度は正々堂々と、静かに出ていこう。「もう言い残したことはないと思うわ」

「きみは間違ってるよ」アンドレは荒々しく言い返した。「今までの説明では氷山の一角にさえ触れていない。それに、きみがまたぼくをおいて出ていくのをぼくが黙って見てると思ってるのか？」

「この前のときは、あなたは見もしなかったわ」

「ラウールのせいだ」小声で言った。「いつも決ってラウールが問題になる」

ラウール、そう、問題はラウールだ。サマンサはうんざりして認めた。結婚して数週間もしないうちにあの男がロンドンに現れ、一緒に暮らすことになった。ラウールは異父兄のアンドレを敬愛しているふりをしながら内心では羨《うらや》んでいた。彼の資産も、権力も、イギリス人の新妻も。彼はヴィスコンテ家の一員になりたがったが、ドラクロワ家の一員に甘んじなくてはならなかったのだ。

「ラウールはきみにすまないと言っていた」

「すまない？」彼女はむっとして嘲笑《あざわら》った。

「深く己を恥じていたよ」彼は言葉を補った。

サマンサの心に再び怒りがふつふつとわいた。「ラウールはわたしの友情も、親切も、結婚も、わたし自身も、侮辱したのよ」一言一言冷ややかに発音した。「一生己を恥じて生きるがいいわ」

「そうするだろうよ」

「それであなたは、だから彼に同情しろというの？あなたが言ってるのはそういうこと？」

「恨むより哀れむほうがましだよ、ダーリン。ぼくにはよくわかってる」重苦しく言い添えた。「ぼくがきみを恨んだばかりに、ぼくもきみもどんな目に遭ったか思い出してみるがいい」

では、わたしが父の謀議に加わっていたと彼が信じていたのを認めるのだろうか？「あなたを憎んでると思うの」サマンサは小声で言って背を向けた。

「思っているだけ？」

「もう知らない、アンドレ！」言い捨てると、足を引きずっておぼつかない足取りで歩き出した。きびきびと立ち去ろうとしたのに、脚のせいでだいなしになったのが悔しかった。

中二階の踊り場に出ると、シャンデリアが灯《とも》っていた。ロビー全体がイブニングドレスやタキシードにふさわしい雰囲気に変わっている。突然背後でピアノの演奏が始まった気がして、サマンサは自分がへとへとに疲れきっているのを悟った。

「ラウールはオーストラリアへ行った」低い声が穏やかに告げ、ロビーを歩いていたサマンサは足を止めた。「ぼくはてっきりきみも一緒だと思ってあとを追った。あいつを殺そうと思った」アンドレはきっぱりと言った。「きみたちの甘い生活を壊してやるつもりだった。少なくともそういう計画だった」

サマンサは彼が顔をしかめるのを目にした、というよりは察知した。

「だがそうはいかなかった。ラウールはぼくが追ってくるのを予測して、人里離れた牧場に身を潜めていた」ふっと吐息をもらした。「ぼくが本当に見つけたかったのはきみだった。しかし、きみは彼と一緒ではなかった。それでラウールを殺すどころか、ぼくは打ちのめされて赤ん坊みたいに泣き出した。それを聞いて、少しは胸がすっとしたかい、ダーリン？」淡々とたずねた。「あれほどひねくれていたラウールも、そんなぼくを見て心を改めたらしく涙ながらに自分の卑劣な所業を打ち明けた。そしてぼくが、自分のせいでこんな混乱に陥ったことをまだ納得しかねているうちに、ラウールはまた姿を消してしまった。あとの始末をぼく一人に押しつけて」

「わたしが事故に遭ったとき、あなたはオーストラリアにいたのね」

「二カ月の間」彼の声が近づいた。「ラウールの所在を突き止めるのにそれだけかかった。そして自分が許せないほどばかな野郎だったと悟るのに、さらにもう三十秒かかった。ロンドンへ戻ったときには、きみを捜す手掛かりは薄れてしまっていた。きみが思い直して戻ってくるか、あるいは電話で無事を知らせてくるか、その二つの望みの狭間《はざま》で生きていた――ような気がする」ため息をついた。「その間の長くむなしい月日のことはあまり覚えていない。そのうちネイサン・ペインがニューヨークのぼくに電話できみのことを知らせてきた。それでぼくの人生は再び突然走り出した」

「で、ラウールは？」

「今もへき地に潜んで罪をあがなってるよ。ときたま便りがあるが、過去の自分と折り合いをつけたとは書いてない」アンドレの息がうなじにかかり、サマンサはかすかに震えた。

「あなたはラウールを許したのね」

「自分を許すことを学んだあとで」

「触らないで」サマンサは背後でアンドレが動く気配を感じてびくっとした。触られると思慮分別をなくしてしまう。

「触れる気はないよ」アンドレは彼女に触れるとどうなるかを知っていたが、今はフェアプレーをするつもりだった。「きみがぼくを許す気になれなくても、いつかはラウールを許してくれるように願うだけだ」

ラウールを許すことは、サマンサ自身が癒《いや》されるために必要な過程だ。アンドレはそう言いたかった。

不思議だわ。サマンサはぼんやり考えた。わたしは、完全とはいえないまでも、すでにアンドレを許している。今の今まで自覚していなかったけど。ラウールのことは？　今では彼に同情している。だけど、許せるかしら？　彼はわたしをおどしたし、ベッドに押し倒したときは本気だった。おまけに自分だけ無事逃れようとしてアンドレに嘘の説明をしたのは許せない。あの嘘がわたしの結婚生活を破滅させ、世界でただ一人信じていた人への信頼を失墜させ、わたし自身をも破滅させたのだ。

「ねえ、ラウールはあなたも傷つけようとして、あの契約書のコピーをわたしに見せたのよ」

「わかってる」アンドレもそれを認め、ラウールの行為を正当化しようとはしなかった。

サマンサは目の裏がずきずきと脈打ち、激しい痛みに何も考えられなくなった。ふうっと疲れた吐息をつき、ちゃんと立っていようとする気力も失《う》せて、ぐったりと肩を落とした。

「すっかり疲れきっているじゃないか」アンドレはかすれた声でつぶやいた。「さあ、うちへ帰ろう」

わたしのうち――サマンサは反対しなかった。歩き出すとアンドレがついてきた。わたしに手を触れない方針をまだ守っているらしい。


家へ帰る道々頭痛がひどくなり、階段をのぼるのもやっとだった。彼は寝室に入るまですぐ後ろからついてきて、鎮痛剤をポケットから取り出し、サマンサが二錠のむのを見てはじめてそばを離れた。サマンサは服を脱ぎ、上掛けの下に滑り込みながら眉をひそめた。あの錠剤はベッドのわきの戸棚の引き出しに入れたのに、なぜ彼が持っていたの？

どうでもいいようなこの謎《なぞ》を解こうとしつつ、サマンサは眠りに落ちた。

13

アンドレは書斎の机に向かって座っていた。頭をのけぞらせ、靴を脱いだ足を机に突っ張って。一つだけ灯《とも》したスタンドの淡い明かりで、疲れた横顔の険しさがいくらか和らいで見える。サマンサが寝ついたあと、せめてつかの間でも当面の問題を忘れたくて、せっせと仕事に励んでいたのだ。

だが、もうたくさんだ。仕事なんぞどうにでもなれ。目下の重大事は二人の結婚の問題だ。しいんとした中に、部屋のどこからかプッチーニのラ・ボエームが流れてきた。曲の暗いムードは彼の気分にぴったりで、長い指で無意識に万年筆をつまみ上げ、リズムに合わせてくるくる回した。

階段に軽い足音がして、指の動きが止まった。彼は目を細く開けたが動かなかった。ゆったり椅子にもたれて半開きのドアのすきまを見つめ、聞き耳を立ててサマンサがどうするか待ち受けた。

ドアの前を素通りするか、部屋に入ってくるか？明かりが見えたはずだし、音楽も聞こえたはずだ。ぼくがここにいるのを知っているに違いない。現在のサマンサも昔と同じく予測がつかないが、アンドレは昔のサマンサに賭《か》けた。以前のサマンサならこの部屋に顔をのぞかせずに素通りはできないはずだ。これはプライドの問題だ。挑戦する気持ちがあるかどうか――予想される対決を避けるか否か。彼の経験では、サマンサが対決を避けたのはただ一度、一年前のあの夜ここを逃げ出したときだけだった。

何も起きなかった。サマンサはキッチンへも行かないし、玄関へも向かわなかった。立ち上がって確かめたい衝動に駆られたが、それに負けまいとした。

今はサマンサが動く番だ。死ぬほど辛《つら》くても、じっと待って彼女がどうするのかを見よう。

あの美しい魔女にはじれったくていらいらする。

ついに音がした。心臓の鼓動が止まり、万年筆を握りしめた。ドアが少しずつ開き始めた。外出用の服か、部屋着か？　首の後ろがぴりぴり緊張し、それが全身に広がった。出かける装いだったら、稲妻のようにぱっと動けるようにと彼は身がまえた。

サマンサが戸口に現れた。彼は安堵《あんど》のあまり骨が蝋《ろう》のように溶け、目を細めて表情を隠した。

サマンサは起き抜けの顔で、温かく、柔らかく、眠そうに見えた——いつも朝はそうであったように。足の爪の色と同じ淡いサーモンピンクの短いシルクのガウンをまとい、絹糸のような髪はもつれて顔の回りや肩に垂れている。

「ハーイ」サマンサはきまり悪そうにつぶやいた。「朝食を作りたいけど、いいかしら？」

「今は夜の九時だよ」顔をしかめて時計を見た。

「知ってるわ」サマンサは片方の肩をわずかにすくめた。「でも、蜂蜜《はちみつ》入りのポリッジが食べたいの。あなたもいかが？」

アンドレはかぶりを振った。「いや、いい」つぶやいたとたんに、欲しいと答えればよかったと後悔したが、サマンサはすでに姿を消していた。

せっかく妻がはじめて自発的に申し出たのに断ってしまった。とんだ大ばか者だ。彼は自分を呪《のろ》った。こうなってはあとを追う口実もない。

目を閉じてゆったり椅子に背をもたせかけ、サマンサが薄いガウンを着て素足でキッチンを歩き回る姿を思い描いて自分をののしり、なおも五分ほどなんとか踏みとどまっていた、しかし……。

挫折《ざせつ》の呻《うめ》きとともに強がりをやめ、立ち上がってサマンサを捜しに行った。彼女は電子レンジのそばで、回転するポリッジの器を見張っていた。

「そんなやり方で作ってるのをお父さんに見つかったらきっと勘当されたよ」もの憂げに意見した。

サマンサは目を上げてにっこり笑うと、また目をそらした。「パパは朝のポリッジは昔ながらのやり方で作ってるものと思ってたけど、実はそうじゃなかったの。騙《だま》されてたんだわ」

「蜂蜜は見つかった？」

「ううん、まだ」

アンドレは戸棚を捜しに行った。湯が沸いていて、そばにティーポットが置いてある。「よかったら、一杯もらおうかな」さりげなく言った。

「いいわよ」サマンサはティーバッグの上から湯を注《つ》いでテーブルへポットを運ぶと、引き返して電子レンジからポリッジを取り出した。

アンドレは自分でカップを出してテーブルについた。サマンサも腰を下ろした。彼は蜂蜜の壺《つぼ》の蓋《ふた》をゆるめてサマンサの前に置いた。彼女は壺を取り上げて蓋をはずし、スプーンを手にした。

アンドレは我慢できずににやにやした。「まるで一日のスタートみたいな一日の終わり方だな」

「その間にさんざんな一日がはさまってたわ」サマンサはそっけなく指摘した。

「頭痛はどう？」彼は遅まきながらたずねた。

「治ったわ。眠ったら頭の中がきちんと整理されたみたい」壺の蜂蜜をスプーンに巻き取り、ポリッジの上に渦を巻いてたらたらと垂らした。

アンドレは口の中がじんわりと湿った。なぜか不意に体の一部が熱くなったところを見ると、蜂蜜が欲しくて唾《つば》がわいたのではなさそうだ！

こんな気持ちになったのはこの女のせいだ、彼女があんなことをしたから……。

「今日のあなたの言葉は正しかったわ」

「どんなこと？」目を上げると、サマンサは先が濃い金色をした長いまつげの下から彼を見つめていた。

サマンサはスプーンをなめた。わざとだろうか？　多分違うだろう。どちらにせよ、彼は欲望がうごめくのを覚え、瞳の色がいちだんと濃くなった。

「相手を恨む気持ちは、恨みの原因と同じくらい自分を傷つけるものだってこと」ピンクの舌で蜂蜜のついたスプーンをもう一度ぺろりとなめた。

「それで、どうすることにしたの？」彼は活発すぎる欲望を背後に押しやってきいた。

「なるべく考えないようにするわ」肩をすくめ、スプーンをポリッジに突っ込んで食べ始めた。

彼はさりげなく振るまう必要に迫られ、急いでティーポットを取り上げて紅茶を注いだ。どうにでもなれと思い、警戒心をきれいさっぱり捨て去った。

「ねえ、ぼくも考えてみたんだが」紅茶のカップを彼女に押しやった。「もし事故で記憶をなくさなかったら、きみはここへ戻ろうと思ったかな？」

「確かに思ったわ」意外にもサマンサは茶目っ気たっぷりににっこり笑い、またしてもアンドレを驚かせた。「記憶が戻ったのよ。みんな思い出したわ」

どういうことだ？　彼はききたかったが、怖くてきけなかった。そこでさっきの質問にしつこくこだわった。「で、もし戻っても、やっぱり今回と同じ騒ぎになってたと思わないか？　ただしきみは、腹は立てても、おびえたりうろたえたりはしなかっただろう。ぼくは自分が犠牲者だという傲慢《ごうまん》な態度をとり続けて、自ら墓穴を掘っただろうな。きみの美しい足元にひれ伏すはめになりそうで、自分の誤解を認めるのはプライドが許さなかったと思う」

「でも最後には、認めたかしら？」サマンサはいかにも知りたそうにきいた。

「今までだって何かにつけて認めたじゃないか」アンドレは悔しそうに言い返した。

「いつ？」サマンサはポリッジのスプーンを置き、代わりにソーサーからティースプーンを取った。

「実際にわたしの足元にひれ伏して許しを請うなんてこと、いつしたかしら?」ティースプーンを悠然と蜂蜜の壺に突っ込みながら問いつめた。

　アンドレの体の一部が新たな責め苦を予想して緊張した。彼女はポリッジをもう食べてしまった、ということは、スプーンですくった蜂蜜の行く先は一つしかない。アンドレのまなざしはにわかに体のほかの部分に負けずに熱くなった。

「そのスプーンを口に入れたまえ。そしたら男がどういうふうに許しを請うものか、とっくりと見せてやろうじゃないか」突っかかるように言った。

　スプーンは蜂蜜の壺と彼女の口の間で止まった。空気が熱く張りつめた。サマンサが仕向けたら稲妻のごとく行動しようと身がまえ、アンドレはぴりぴりした緊迫感に満たされた。よく考えもしないで挑戦状を投げつけてしまったが、あのスプーンが口まで行きついたら今度こそ絶対あとずさりはできない。

　スプーンを口に運んだら、突き進むのだ。スプーンを置いたら、このままおおいに欲求不満に苦しむはめになる。

　サマンサの瞳がきらっときらめき、アンドレの瞳も熱く燃えた。スプーンは口に運ばれたが、サマンサはスプーンを取り落とした。「アンドレ、だめよ!」彼女がそう叫ぶうちに、早くもアンドレはテーブルを回った。

「アンドレ、だめ、だと? かわいい嘘《うそ》つきめ」歯ぎしりをすると、彼女を立たせて熱いキスをした。

　サマンサは熱いポリッジの中で溶けた蜂蜜と同じように溶けた。なめらかでゆったりした官能的な甘いキス。サマンサはちゃんと立っていることもできなかった。彼は腕を回して彼女をしっかり支え、思う存分唇を奪った。二人は蜂蜜を味わい、その甘い匂《にお》いが辺りに広がった。

「階段を下りてきたときから、きみはこういうことになるのを狙《ねら》ってたな」かすれた声で言った。

「それは違うわ！」サマンサは抗議した。

「違うだって？　なら、そんな短いガウンを着てるのはどういうわけだ？」アンドレは言いつのった。

「なぜ下に何も着ていない？」サマンサの頬が熱くなった。アンドレは、獲物を巧みに仕留めて今にも食べようとしている虎《とら》のように、にやりとした。

「ぼくが書斎に座ってきみのことを案じてるのを、きみは知っていた。ペットの犬みたいに膝に飛びのって許してもらうのを待っていることも。そこで、ぼくは飛びついた」彼はうなった。「さあて、ペットの犬が興奮するとどうなるかな？」

「あなたはペットの犬じゃないわ！」サマンサもいきり立って痛烈に言った。「自分より弱い動物を襲う狼《おおかみ》じゃないの！」

「ブレシンガムやお父さんの話をまたぞろ蒸し返すのか？」アンドレはうんざりして嘆息した。

「それにトレマウントのことも。あんな嘘を言ったのも！」彼女は目に怒りを浮かべてなじった。「おまけにあなたは傲慢にも、手を触れさえすればわたしが意のままになると信じてるのね！」

「嘘をついたのは謝る。だがトレマウントの件は別だ。それから最後の非難は的を射ているが、それはきみの問題でぼくの知ったことじゃない！」

それを実証するようにアンドレはキスを続けた。サマンサは屈服し、ぐったりして、呻いたりののしったりしたあげく、命懸けのようなキスを返した。アンドレは彼女を抱き上げ、現実に戻るすきを与えないように唇を合わせたまま歩き出した。

キッチンを出て廊下を通り、書斎を通りすぎた。書斎には今も淡い明かりが灯り、プッチーニの曲が流れていた。彼に抱かれたサマンサは半べそをかき、こんなことを許した自分に腹を立てた。

アンドレはベッドのわきに立った。白い上掛けが折り返され、サマンサが寝た跡がまだシーツに残っている。彼はその上にサマンサを横たえると、ようやくキスを中断して服を脱ぎ始めた。

サマンサはじっと横たわり、男っぽいアンドレの体を眺めた。「やめたいなら、今のうちに言ってくれ」彼は急に気がとがめ、うなるように言った。

「言ってもむだだわ。キスをしさえすればわたしの気が変わることを、二人とも承知してるんだもの」

今のは恨みだろうか？　いや、違う、運命を甘受した声だ。あのけだるく魅惑的な緑の瞳は黒ずんでぼくを求めている。

「では、ガウンを脱ぎたまえ」彼は命じた。

独裁者然とした言い方に、サマンサは文句も言わなかった！　あっさり命令にしたがい、シルクのガウンを脱いで無造作に投げ捨てた——またアンドレが服を脱ぐのを早く眺めたいばかりに。

彼がズボンを脱ぎかけるとサマンサは視線を向け、経験の豊富な女性らしく、目をそらさずに見守った。

アンドレはひどく興奮していたが、サマンサに劣らず情熱的に、それを隠そうともしなかった。彼がベッドに近づくと、サマンサは手をさし伸べて彼を愛撫《あいぶ》した。その愛撫は、あなたはわたしのものよ、と語りかけ、彼の体の一部は、それに熱く応《こた》えた。

彼が並んで横たわったときも、サマンサはもろ手を上げて迎えた——瞳は欲望に黒ずみ、純白のシーツの上に燃えるように真っ赤な髪を撒《ま》き散らした。

「なぜ急に気が変わった？」アンドレは卵形の繊細な顔の輪郭をそっとたどりながらきいた。

「目が覚めたら、怒りは消えていたわ。それで誘惑しようと決めたの。今まで口喧嘩《げんか》のあとはいつもそれでうまくいったから」

「だが今度のはいつもとは違うんじゃないか？」

「そうね」彼女の瞳が一瞬陰った。「だけど、目が覚めたら、あなたをどんなに愛してるかってことも思い出したの」心の底から吐息をついた。「わたしは自分の感情の餌食《えじき》になっていたのね。考えてみれば、ほんとに悲劇的な話だけど」

「嘘だ」話に水をさした。「きみは目が覚めたら、ぼくがどれほどきみを愛してるかを思い出したのさ。蜂蜜のスプーンを口にしたときのきみの目つきはやけに気取っていた。しっかり覚えてるよ」

アンドレは手を伸ばして彼女をぐいと抱き寄せた。二人の口は触れ合わんばかりで、目のやり場もなく、お互いにまっすぐ見つめ合うほかなかった。

「どんな男もそれほどの愛には値しないくらい深くあなたを愛してたわ」悲しげにつぶやいた。「その愛をあなたは真正面から投げ返したのよ」

「わかってる」それは彼も痛切に悟っていた。長く惨めだったこの一年、その重みに耐えてきたのだ。

「ぼくは完全に圧倒されて、あっという間にきみに惚《ほ》れ込んでしまった」アンドレは告白した。「きみを一目見て、類《たぐい》まれな女性だと思った。びっくりするほど若々しくて、衝動的で、およそ予測がつかなくて……」燃えるように赤い巻き毛に触れた。

「きみは誰とでも親しげだったから、ぼくは生きた心地もしなかったよ。きみに夢中だったが、周囲に群がる男とあまり気軽につき合うんで頭にきた」

「だからって、わたしがラウールと一緒にいるのを見て、あんなことを言う権利はないわ」

アンドレは吐息をもらしてキスをした。謝罪のキスだった。「ラウールのせいで頭が混乱したのはきみだけじゃない。きみと一緒にいるのを見たという男たちのことで、ラウールがあれこれ吹き込まなかったら、ぼくもあんなにうろたえなかっただろう。それはいいんだ、きみが毎晩ぼくに抱かれて眠っている限り、何をほのめかされても気にならなかったから。だけど、結婚して数カ月でお父さんが亡くなり、きみは悲しみに沈んでぼくを寄せつけなかった。

ぼくは恨めしかったんだ、アモーレ。きみはぼくを寝室から締め出しておきながら、見かけは楽しそうにほかの男と笑ったり冗談を言ったりしていた」

「彼らはわたしとベッドを共にするつもりなんかなかったわ」サマンサは言い返した。「あなたとは同じベッドで寝ていたけど、でもそんな気になれなくて……」言葉をつまらせ涙をのみ下した。

「ああ、気持ちはわかるよ」髪をなでた。「きみは悲嘆に暮れてぼくの求めに応じる余裕がなかった」

「あなたはいつもわたしの体を求めてたわ、アンドレ。あなたを見るたびに、瞳に欲望が燃えていて、だからわたし……」

「誤解だよ」彼はつぶやいた。「性の欲望ではなく、悲しみをわかち合いたいという願望だ。ぼくはひたすらきみに愛されることだけを求めた」

サマンサは怒りのあまり起き上がって彼から離れた。彼は片肘を立てて頭をのせ、サマンサを見守った。

彼はもう一方の手を彼女の背中に当ててなだめようとしたが、サマンサは今にも爆発しそうな勢いで彼に向き直り、真正面から食ってかかった。「わたしはあなたを愛してたわ！　愛さなかったみたいな言い方がよくもできるわね？　愛することを二度と許されないと思って、一年の歳月を失ったのよ！」

彼の手がサマンサのうなじを捉《とら》えて長い指に髪をからめると、それ以上辛辣《しんらつ》な口をきく暇を与えず唇を合わせ――いとも簡単に黙らせた。

彼の手がサマンサの体をつかまえ、彼女の手がアンドレの体をつかまえた。二人はゆっくりとキスを交わした――とても深く。サマンサはキスに溺《おぼ》れた。もはや話はしなかった。その必要はなかった。このキスがすべてを語っていた。これまでのキスとは違う特別なキス、生命の万能薬だった。

二人は恋人同士のようにやさしく愛を交わした。

ゆったりくつろいで、熱く深く愛撫し、味わった。二人の体はお互いを覚えていた。だからこそサマンサはアンドレが近寄るたびにあれほど興奮したのだ。頭では彼を締め出せても、体では不可能だった。

アンドレにとって、サマンサの心と愛を交わすことは肉体の愛のいとなみにもまして刺激的だった。サマンサの瞳をのぞくと自分が映っていた――彼女と結婚した男の顔、愛するに値する男の顔が。

彼はイタリア語とフランス語で愛をささやいた。彼女はそれが好きだった。空虚な一年の間忘れていたことをみんな取り戻したかった。

サマンサは耳を傾けた。全身の細胞を耳にして。アンドレはゆっくりとなめらかに侵入しながら、これまでになく精力が満ちるのを自覚した。

それから彼はキスをしてサマンサを徐々に現実に戻した――ふっくらした唇に、閉じたまぶたに、こめかみの傷跡にも。彼女が目を開いたときには、二人はぐったりしてとろけ、そして愛し愛されていた。

「わたしがまた逃げ出したら捜しに来る?」サマンサは本気で、そっとたずねた。

「ああ、必ず」

サマンサはそれを聞いて、吐息をついた。

二人はぴったり抱き合って眠った。アンドレはようやく目を覚ますと、ちらりと時計を見てこっそりベッドを抜け出し、部屋を出て階段を下りた。

寝室に戻ると、サマンサは胸に上掛けを巻きつけてベッドに座っていた。「まさか、セックスに溺れる合間を縫って、また別のホテルを買収してきたんじゃないでしょうね?」

「違うよ」アンドレは苦笑した。ベッドのわきに立って二つの包みをサマンサの前に置くと、身をかがめてつぶやいた。「結婚記念日、おめでとう」

サマンサは一瞬理解できなかった。それからぽっと頬を染め、瞳を輝かせた。「忘れてたわ」その声は泣き出しそうに聞こえた。

「受け取ってくれ。ぼくはもう望みのものをきみからもらったよ」彼はにっこりした。「さあ、まずこっちを開けて。去年の記念日の贈り物だ」

サマンサは震える指で言われたとおりにした。平たい包みのピンクの包装紙を破る。そこに記された言葉を読むうちに文字が涙でぼやけた。それはブレシンガムの譲渡証書だった。「まあ」サマンサはすすり泣いた。「こんなことしなくてもいいのに」

「ずっと以前にしたことだ」静かに答えた。「お父さんがぼくにブレシンガムを譲る証書にサインした一時間あとに」穏やかに言い添えた。

サマンサの瞳がきらりと光ったと思うと、例によって豹変《ひょうへん》し、怒った猫のように彼に食ってかかった。「なぜもっと早く教えてくれなかったの? わたしがさんざんばかな暴言を吐く前に」大声で叫んだ。「これじゃ、自分が大ばか者に思えちゃう!」

「よしよし」アンドレはもう一度キスをした。「当然だよ、ぼくを疑うなんて」

「あなたはわたしを疑わなかったかしら?」

「その問題を蒸し返すのはやめようじゃないか。今日は結婚記念日だ。二つ目の包みを開けたまえ」

サマンサはおずおずと言われたとおりにした。ため息がもれた。「信じられないわ」トレマウント・ホテルの譲渡証書を見つめ、かすれた声で言った。

「この二枚の証書によって、きみは実業界の大物クラブの正式メンバーに加わったわけだ」もったいぶって言った。「さあ、本来の持ち主に返そう」

見ると、金の結婚指輪だった。彼はそれをサマンサの指にはめ、ダイヤに囲まれて燦然《さんぜん》と輝くエメラルドの指輪もはめた。サマンサがあまり長いこと指輪を見つめているので、彼は悲しそうに催促した。

「感謝のキスもしてもらえないのかい?」

「泣いてしまいそう」うつむいて首を振った。

「泣くと、少しは気分がよくなるかな?」

「ううん」もう一度首を振った。

「それなら」彼はつぶやいてサマンサをベッドに押し倒すと、あの独特のキスを迫った。

キスを終えてもアンドレはそのままの姿勢でサマンサの瞳の奥を真剣なまなざしでのぞき込んでいた。

「ブレシンガムは以前からずっときみのものだった。お父さんがあの取り引きを仕組んだときから、ぼくは一瞬たりともあのホテルを自分のものと考えたことはない。だがトレマウントは別だ。あれは、あのホテルへの感謝の気持ちだ。ぼくが当然面倒を見るべきときに、きみの面倒を見てくれたから。それと、きみを疑ったことへの謝罪の気持ちから」

「あなたは弟のラウールを愛してたわ——わたしが父を愛してたみたいに」伸び上がって彼の真剣な口元にキスをした。「わたしもあなたも、あの二人に騙されるとは思わなかったわね、アンドレ」

「お父さんがきみを騙したのは、きみのためによかれと思ったからだ。ラウールの嘘は違う。それにぼくもきみを欺いた、忘れちゃいけないよ」

「でも、忘れたいの。今は何もかも忘れるのを願ってるわ。わたしたち、それができるかしら?」

緑の瞳は懇願し、彼の瞳は熱く燃えた。「もちろん。きみがその瞳でぼくを見つめてくれている限り。ところで、あの蜂蜜は強烈だったな」

彼の冗談に、サマンサも調子を合わせた。「以前テレビで見たの」笑って白状した。「前から試したかったけど、今日までチャンスがなくて」

彼の形の整った眉が弓なりに上がった。「ほかにも何かやってみたいことがあるかい?」

「いろいろあるわ」ささやくと同時に、瞳が挑むようにきらめいた。「結婚記念日の第一のプレゼントにするわね。あなたもきっと気に入るわ」

そしてアンドレはそれが気に入った。

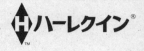

ハーレクイン・ロマンス　2002年6月刊（R-1783）

愛は忘れない
2024年9月20日発行

著　　者	ミシェル・リード
訳　　者	高田真紗子（たかだ　まさこ）
発 行 人	鈴木幸辰
発 行 所	株式会社ハーパーコリンズ・ジャパン 東京都千代田区大手町1-5-1 電話 04-2951-2000（注文） 0570-008091（読者ｻｰﾋﾞｽ係）
印刷・製本	大日本印刷株式会社 東京都新宿区市谷加賀町1-1-1

ISBN978-4-596-77855-0 C0297

9月27日発売　ハーレクイン・シリーズ 10月5日刊

ハーレクイン・ロマンス　愛の激しさを知る

最愛の敵に授けられた永遠《純潔のシンデレラ》	メイシー・イエーツ／岬　一花 訳	R-3909
シチリア大富豪と消えたシンデレラ《純潔のシンデレラ》	リラ・メイ・ワイト／柚野木　菫 訳	R-3910
愛なき富豪と孤独な家政婦《伝説の名作選》	ジェニー・ルーカス／三浦万里 訳	R-3911
プラトニックな結婚《伝説の名作選》	リン・グレアム／中村美穂 訳	R-3912

ハーレクイン・イマージュ　ピュアな思いに満たされる

あなたによく似た子を授かって	ルイーザ・ジョージ／琴葉かいら 訳	I-2821
十二カ月の花嫁《至福の名作選》	イヴォンヌ・ウィタル／岩渕香代子 訳	I-2822

ハーレクイン・マスターピース　世界に愛された作家たち ～永久不滅の銘作コレクション～

罪深い喜び《特選ペニー・ジョーダン》	ペニー・ジョーダン／萩原ちさと 訳	MP-103

ハーレクイン・ヒストリカル・スペシャル　華やかなりし時代へ誘う

ベールの下の見知らぬ花嫁	サラ・マロリー／藤倉詩音 訳	PHS-336
男装のレディの片恋結婚	フランセスカ・ショー／下山由美 訳	PHS-337

ハーレクイン・プレゼンツ作家シリーズ別冊　魅惑のテーマが光る極上セレクション

結婚の代償	ダイアナ・パーマー／津田藤子 訳	PB-394

※予告なく発売日・刊行タイトルが変更になる場合がございます。ご了承ください。